Deseo®

DE MANERA TRADICIONAL

Emilie Rose

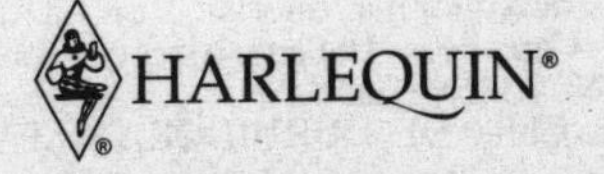

Editado por HARLEQUIN IBÉRICA, S.A.
Hermosilla, 21
28001 Madrid

DE MANERA TRADICIONAL, Nº 1256 - 5.11.03
Título original: The Cowboy's baby Bargain
Publicada originalmente por Silhouette Books.

I.S.B.N.: 84-671-1158-5
Depósito legal: B-38477-2003
Editor responsable: M. T. Villar
Diseño cubierta: María J. Velasco Juez
Composición: M.T. Color & Diseño, S.L.
C/. Colquide, 6 - portal 2-3º H, 28230 Las Rozas (Madrid)
Fotomecánica: PREIMPRESIÓN 2000
c/. Matilde Hernández, 34. 28019 Madrid
Impresión y encuadernación: LITOGRAFÍA ROSÉS, S.A.
c/. Energía, 11. 08850 Gavá (Barcelona)
Fecha impresion para Argentina:3.8.04
Distribuidor exclusivo para España: LOGISTA
Distribuidor para México: CODIPLYRSA
Distribuidores para Argentina: interior, BERTRAN, S.A.C. Vélez Sársfield, 1950. Cap. Fed./ Buenos Aires y Gran Buenos Aires, VACCARO SÁNCHEZ y Cía, S.A.
Distribuidor para Chile: DISTRIBUIDORA ALFA, S.A.

Capítulo Uno

Brooke Blake dio un trago a la cerveza e hizo una mueca. El triunfo era, a veces, amargo. Aquella cerveza estaba bastante mala, pero estaba decidida a disfrutar de todo lo que tenía que ofrecerle aquel estado nuevo para ella. Incluida la cerveza de allí.

Miró la hora y se concedió diez minutos para examinar la contradictoria fase por la que estaba pasando su vida.

Profesionalmente, como autora y conferenciante, le iba cada vez mejor. Sus libros se vendían cada vez más, pero su credibilidad estaba amenazada porque personalmente necesitaba un cambio de estilo de vida.

No había conseguido alcanzar el objetivo más importante de su vida.

Lo había calculado todo y había dado los pasos necesarios, pero su idea de tener una familia para cuando cumpliera treinta y cinco años no había podido ser.

¿En qué había fallado?

Abrió su agenda y revisó el plan que había hecho para aquellos últimos cinco años. En ese momento, se abrió la puerta del bar y entró una ráfaga de aire fresco que le movió las páginas.

Brooke miró por el espejo al vaquero que acababa de entrar. Era alto y fuerte, guapo, pero no su tipo.

El hombre cruzó el local andando con garbo. Se notaba que estaba acostumbrado a mandar y a ser el centro de atención. Brooke conocía a muchos como él que, luego, resultaban asustarse ante una mujer de éxito.

Como ella.

El vaquero fue hacia la barra y la sorprendió mirándolo. Brooke rezó para que no creyera que el escrutinio al que lo había sometido era una invitación. Se giró hacia él dispuesta a dejarle claro que no había sido así.

El reflejo del espejo no le había hecho justicia. Tenía unos rasgos muy duros, pero igual de atractivos. En la barbilla, cubierta por una barba de tres días, surgía un hoyuelo increíblemente sensual y la apretada camisa de cuadros marcaba unos hombros difíciles de igualar.

Por no hablar de los pantalones vaqueros y del territorio que marcaban. Aquel hombre parecía salido de un calendario destinado a que las mujeres tuvieran fantasías con el salvaje Oeste.

Mujeres entre las que no se contaba ella. A Brooke le iban más los hombres de estudios.

La miró lentamente. Aquellos ojos, del color de los granos del café, pasearon la mirada por su cuerpo sin pudor. Brooke sintió un repentino e indeseado subidón de adrenalina.

El vaquero se quitó el sombrero dejando al descubierto un pelo oscuro y voluminoso.

–¿Le importa que me siente?

Tenía una voz grave y misteriosa y labios carnosos y deseables hechos para susurrar palabras de amor al oído de alguna mujer.

No de ella, por supuesto.

A ella le gustaban los hombres de ciudad, más refinados, pero por un momento no pudo evitar preguntarse cómo sería acostarse con un ser tan primitivo como aquel.

Decidió que no sería algo tan tranquilo y calmado como a lo que estaba acostumbrada sino más ruidoso y arriesgado.

Apartó aquellos pensamientos de su cabeza, echó los hombros hacia atrás y miró a su alrededor.

La barra estaba llena de gente y el único sitio que quedaba vacío era el que estaba a su lado.

–Por supuesto –le contestó al vaquero.

–Gracias –dijo él sentándose.

Al hacerlo, le rozó el muslo con la rodilla y Brooke se preguntó si lo habría hecho adrede.

–Perdón –se disculpó.

Brooke dio un trago a la cerveza dándose cuenta de que se le había secado la boca de repente. No creía que aquella bebida fuera a gustarle nunca.

Muy al contrario que los vaqueros. Si todos eran y olían como el que se acababa de sentar a su lado, no creía que le fuera a ser difícil encontrar a uno con el que compartir su rancho.

Aun así, preferiría a un vaquero más refinado… si es que los había.

Tomó la agenda y escribió.

El fracaso es algo temporal.

Se sintió mucho mejor.

Se puede alcanzar cualquier objetivo siempre y cuando se intente conseguir de la forma adecuada.

Entonces, ¿por qué se había dado por vencida en su búsqueda de marido?

A los hombres que habían pasado por su vida no les había gustado que trabajara tanto o habían intentado vivir de su fama.

Hizo una línea vertical para dividir la hoja en dos y apuntó sus nombres divididos en dos categorías: *manipuladores* y *perdedores.*

De reojo, vio que el vaquero dejaba el sombrero en una rodilla y llamaba al camarero. Notó que la estaba mirando.

–Me extraña que no esté usted bebiendo chardonnay –comentó.

Brooke se encogió de hombros y le dio otro trago a la cerveza.

–Suelo beber chardonnay, pero «cuando estés en Roma…»

–¿Qué le sirvo? –dijo el camarero.

–Un tequila doble. ¿Tiene vino blanco para la señorita?

–Por supuesto.

Brooke no quería que el vaquero se llevara la impresión de que había ido a ligar. Eso lo había dejado para más adelante, para cuando se hubiera comprado una casa y estuviera buscando al señor Perfecto.

De repente, se imaginó al vaquero desnudo y sintió un escalofrío por todo el cuerpo.

–No hace falta que me invite a nada –le dijo nerviosa.

–Yo no opino lo mismo –contestó él–. Hace usted unas muecas muy raras cuando bebe cerveza.

Brooke llevaba años sin ruborizarse, pero, para su sorpresa, aquello fue precisamente lo que le sucedió.

–Es cierto que nunca me ha entusiasmado –confesó.

–Me lo creo.

Brooke se fijó en sus manos, grandes y con cicatrices, pero de uñas bien cuidadas.

–¿Y qué le entusiasma... aparte de hacer listas? –le preguntó pelando un cacahuete y metiéndoselo en la boca.

Brooke cerró la agenda. No estaba dispuesta a hablar de su fracaso con nadie porque a nadie tenía por qué importarle que se hubiera visto forzada a tener una familia ella sola.

¿Cómo le iba a contar a un desconocido que tenía una cita al día siguiente en una clínica de inseminación artificial?

Al recordarlo, volvió a sentir aquel cosquilleo en la tripa y comenzaron a temblarle las manos. Había intentado seleccionar al mejor donante. Era rubio y procedía de un entorno académico parecido al suyo, no tenía problemas médicos y genéticamente era la opción ideal.

Sonrió y cambió de tema.

–Me vuelve loca mi trabajo, pero no quiero hablar de mí. Ha pedido usted un tequila doble.

¿Ha tenido un mal día? –se encontró preguntándole.

Al fin y al cabo, era experta en sonsacar a los demás y en hacerles ver lo positivo de la vida y no lo negativo.

–Ni mejor ni peor que otros –contestó el vaquero dejando un billete sobre la barra–. No ha muerto nadie.

–Eso siempre es bueno. ¿Algún daño de gravedad?

–Creo que no.

El camarero les sirvió las bebidas y Brooke agarró el bolso para pagar la suya.

–Invito yo –dijo el vaquero.

–Gracias, pero...

–Nada de peros. Es solo una copa. No estoy buscando nada más.

–Yo, tampoco –contestó Brooke sorprendida por su franqueza.

–Pues no debería venir aquí vestida así.

–¿Qué le pasa a mi atuendo?

Aquel traje color lavanda le había costado una pequeña fortuna y le encantaba. Se lo había comprado la primera vez que un libro suyo había entrado en la lista de los más vendidos del *New York Times* y le daba suerte.

Solo se lo ponía en las ocasiones especiales y aquel día lo era porque había comprado un rancho a setenta y cinco kilómetros de Tilden, Texas.

Era una casa preciosa en lo alto de una colina cubierta de césped. El lugar perfecto para vivir y trabajar. Necesitaba una pequeña reforma, pero quedaría perfecta.

–Además de estar para comérsela, huele usted a dinero –contestó el vaquero bebiéndose el tequila–. Este bar está muy cerca de los juzgados y algunos delincuentes se dan una vuelta por aquí de vez en cuando. Será mejor que tenga cuidado con el bolso.

Sorprendida por su cumplido, miró a su alrededor y comprobó que, efectivamente, los demás presentes no iban tan bien vestidos como ella.

No se había dado cuenta antes porque había entrado a todo correr, muerta de ganas de leer la escritura de compra. Era la primera vez en su vida que se compraba una casa. Abrió el bolso y comprobó que seguía allí.

Bien. Uno de sus tres objetivos estaba cumplido.

–Uno de los funcionarios de los juzgados me recomendó que viniera aquí porque hacen unas costillas muy buenas.

El vaquero hizo un gesto con el pulgar hacia abajo como diciendo que no estaba en absoluto de acuerdo, así Brooke decidió no pedir costillas e intentó pasar por alto que acababa de ver que no llevaba alianza. El hombre no le interesaba.

–Además, no le aconsejo que mire a todos los hombres que entren por la puerta como me ha mirado a mí.

Brooke se encontró sonrojándose de vergüenza.

–Yo no lo he mirado de ninguna forma –contestó jugueteando con la copa de vino.

–¿De qué color llevo las botas?

–Marrones... –contestó sin pensar–. Por Dios, el noventa por ciento de los hombres aquí llevan botas marrones.

–La pillé –dijo él sonriendo.

–Lo admito, sí –sonrió Brooke también.

–Al menos, creo que seré más agradable de mirar que esa agenda que parece que la trae por la calle de la amargura. Lo del bolso iba en serio y le aconsejo que no vuelva por aquí sola. Cuando se quiera ir, dígamelo para que la acompañe.

¿Por qué un desconocido iba a querer acompañarla? Le daba igual. Pensaba aceptar la oferta de aquel atractivo vaquero.

–Gracias. No me gustaría pasarme el día de mi cumpleaños poniendo una denuncia.

–¿Es su cumpleaños?

–Sí, soy un año más sabia y experimentada.

–Veo que no le molesta cumplir años –apuntó el vaquero enarcando una ceja.

–Ser optimista es esencial para tener salud y prosperidad.

–¿De verdad lo cree? –preguntó escéptico.

–Por supuesto. Cada uno tiene lo que cree que se merece tener.

–Me recuerda usted a un libro de autoayuda.

A Brooke no le extrañó pues estaba recitando de memoria el capítulo trece de su primer libro. Apretó los labios. Era casi imposible no intentar convencer a los escépticos de que tenía razón.

–¿No cree usted que la vida nos da a cada uno lo que nos merecemos? –le preguntó.

–Si fuera así, el mundo sería mucho mejor de

lo que es –contestó el vaquero–. Veo que el vino no le ha gustado mucho más que la cerveza.

Era cierto.

–No es de los mejores californianos, la verdad.

–Preciosa, está usted muy lejos de California.

A Brooke no le dio tiempo de contestar porque se inició una pelea en la parte trasera del local. Aquello parecía una película del Oeste. Las sillas volaban y los hombres se rompían botellas en la cabeza.

El vaquero maldijo.

–Váyase a aquella esquina –le indicó.

–No creo que… –se interrumpió cuando una botella de cerveza le pasó rozando la cabeza.

Al instante, el vaquero la había tomado de la cintura para apoyarla contra su pecho y cubrirle la cabeza. Brooke se encontró con la mano en un lugar en el que no debería estar. Se apresuró a retirarla y se ruborizó de inmediato.

Brooke abrió los ojos y vio que el bar se había convertido en un campo de batalla. El vaquero recogió su bolso y su agenda y se la llevó de allí.

–Vámonos –le dijo.

–¿Cómo?

¿Le estaba dando órdenes o no le había entendido bien?

–¿Se va a poner usted tonta?

¿Ella tonta? Justo cuando se disponía a informarle de que su cociente intelectual estaba muy por encima del de la media, una silla fue a parar prácticamente a sus pies.

–Vámonos –repitió él.

Brooke lo siguió a través de aquel caos hasta la calle.

–¿Dónde tiene el coche? –le preguntó el vaquero una vez fuera.

–En el juzgado, pero...

–¿Ha cenado? Si quiere tomar algo antes de irse, la acompaño al restaurante que hay a la vuelta de la esquina y la invito a otra copa.

Brooke era una mujer independiente y aquel comportamiento no debería parecerle galante ni atractivo, pero así era. Ninguno de los hombres con los que había estado la había hecho sentir tan protegida.

Era un sentimiento peculiar y quería explorarlo.

–¿Por qué no cena conmigo?

El vaquero parpadeó.

–¿Qué le hace pensar que no soy uno de los delincuentes de los que le he hablado?

A Brooke se le daba bien leer en la cara de la gente. Aquel vaquero tenía ojos sinceros y su lenguaje corporal, natural y resuelto, indicaba que no tenía nada que esconder.

–Tiene usted cara de ser honrado.

–¿Nunca le han dicho que no juzgue un libro por la portada? –se rio.

Estudiar a la gente le apasionaba. Hacía poco había escrito «Nadie aparece en tu vida porque sí». Aquella frase era para su próximo libro y decidió por qué había aparecido aquel vaquero en su vida.

Además, quería saber qué era lo que tenía que la excitaba tanto.

–Estoy dispuesta a arriesgarme. ¿Sabe usted algún sitio donde preparen unas buenas costillas? Lo invito.

–Jamás permitiría que una mujer me invitara a cenar.

Orgullo. Muy bien. Qué típico de los hombres.

–Se lo debo. De no haber sido por usted, me abrían abierto la cabeza con esa botella. Considérelo una ocasión para experimentar.

–Está hablando otra vez como un libro de autoayuda.

–Me suele pasar.

–Solo cenar, ¿de acuerdo?

Aunque estaba anocheciendo, Brooke vio que el vaquero se había sonrojado.

Se excitó al preguntarse qué pasaría si no fuera solo cenar. Apartó aquel pensamiento de su mente. No lo conocía de nada, no podía ser.

«No, claro que no. Yo no soy de esas. Yo hago que me inseminen con el semen de un desconocido, pero en una clínica perfectamente esterilizada», se dijo.

¿Estaría haciendo bien? Claro que sí. Lo había pensado una y mil veces. Estaba preparada para ser madre tanto física como emocionalmente. Ya tenía cierta edad y no podía pasarse la vida entera esperando a que apareciera el hombre perfecto para ser el padre de sus hijos.

Volvió a sentir aquel cosquilleo en la tripa, pero decidió ignorarlo porque ya era demasiado tarde para echarse atrás. Aunque quisiera, que no quería, no podía anular la cita del día siguiente.

–Por favor, cene conmigo. Estoy harta de estar sola –admitió.

No quería estar sola con sus pensamientos, sus dudas y sus miedos.

El vaquero se rascó la barbilla y Brooke se encontró preguntándose qué sentiría si la acariciara con aquellas manos. Al instante, sintió un erótico calor por todo el cuerpo.

–Prometo no atacarlo en los aperitivos –le dijo.

–¿Por qué no? El mejor sitio para comer costillas está a un par de kilómetros de la ciudad. Hay que ir en coche. Yo también tengo el mío en los juzgados. ¿Viene conmigo o me sigue?

A pesar de ir a cenar con un completo desconocido, no era tan estúpida como para montarse en su coche.

–Lo sigo –contestó.

–Me llamo Caleb –se presentó extendiendo la mano.

Brooke estaba tan acostumbrada a que la gente la reconociera que no se había dado cuenta de que no se había presentado.

–Brooke –dijo.

No parecía saber quién era, pero, claro, ¿desde cuándo leían sus libros los vaqueros?

Sus manos se encontraron haciéndola sentir muchas cosas. Fuerza, calor, aspereza y caballerosidad.

Se la había tomado con delicadeza, como si

fuera frágil, y no se la había estrechado con fuerza, como la mayoría de los hombres.

Sintió que se le aceleraba el pulso y le costaba respirar. Sonrió al darse cuenta de que se sentía físicamente atraída por un hombre que no le convenía en absoluto. Desde luego, el destino tenía un sentido del humor un tanto extraño.

Caleb le soltó la mano y anduvieron hacia el aparcamiento.

–¿Te vas a quedar mucho tiempo en la ciudad? –le preguntó.

–No, estoy solo de paso. Mañana me voy a... Dallas –contestó con el estómago en un puño. Se dijo que eran nervios y no duda–. ¿Y tú?

–He venido a hacer un negocio, pero no ha salido –contestó el vaquero encogiéndose de hombros.

–Lo siento. Tal vez, podrías examinar la situación de nuevo y volver a intentarlo.

Caleb la miró con una ceja enarcada.

–¿Estoy hablando como un libro de autoayuda otra vez?

–Sí.

De repente, Caleb le puso un brazo delante cuando un coche salió del aparcamiento a toda velocidad.

–Eres un ángel de la guarda, ¿eh?

–No, es simplemente que no quiero quedarme sin cenar porque te atropellen –bromeó haciéndola reír.

Se sorprendió porque no recordaba la última vez que se había reído tan a gusto, pero debía de haber sido hacía años.

Habían llegado al aparcamiento y cada uno se dirigió a su coche. Brooke se sorprendió mirándole el trasero.

¿Qué le estaba sucediendo? Debía de ser que estaba a punto de ovular. No podía ser que se estuviera planteando tener una noche de amor salvaje con aquel vaquero…

¿O sí? Claro que no. No sería capaz jamás de hacer algo tan espontáneo y loco. No solía correr riesgos innecesarios. Claro que le iría tan bien para distraerse y no pensar en su cita del día siguiente…

Capítulo Dos

Caleb volvió a mirar por el retrovisor. El pequeño descapotable rojo seguía ahí.

¿Cuánto tardaría Brooke, si es que aquel era su verdadero nombre, en recuperar la cordura? Las mujeres como ella no solían fijarse en hombres como él.

No era para él. Estaba fuera de su alcance. Todo en ella, cómo andaba, cómo hablaba y cómo vestía, indicaba que tenía cultura, clase y educación. Él por el contrario carecía de todo aquello.

Su ex mujer se había encargado de que le quedara perfectamente claro y no creía que en los diez años que habían pasado desde que Amanda se había ido hubiera cambiado.

No solía ligar en los bares, pero era mejor estar acompañado que beber solo, como había planeado inicialmente.

Se había pasado por los juzgados aquella tarde con la esperanza de que la persona que había pagado más que él por la otra mitad del rancho Crooked Creek no se presentara con el dinero antes de las cinco.

De haber sido así, él se habría quedado con la propiedad y habría terminado, por fin, con la deuda que tenía con su familia.

El funcionario le había dicho que no había coincidido con la nueva propietaria por pocos minutos. Había pagado, firmado y recogido las escrituras, terminando así con su sueño de recuperar aquellas tierras para su familia.

Llevaba diez años esperando. ¿Cuánto más iba a tardar en quitarse aquella pesada carga de las espaldas?

Puso el intermitente para indicarle a Brooke que había llegado al restaurante y dejó el coche en el aparcamiento de grava. El sitio no parecía gran cosa, pero hacían las mejores costillas a la barbacoa del condado.

Se bajó del coche y fue al de Brooke. Le abrió la puerta y se quedó sin palabras al ver sus larguísimas piernas. Tuvo que hacer un esfuerzo para no acariciárselas y comprobar si eran tan suaves como parecían.

Se limitó a ofrecerle la mano para que saliera del coche. Al ver su delicada mano de uñas rosas en la suya, se le disparó una alarma interna.

A su ex mujer le encantaba hacerse la manicura y solía hacerle cosas increíbles con las uñas. Claro que eso fue antes de descubrir que no estaba hecho de arcilla y no podía modelarlo y hacer con él lo que quisiera.

Al descubrirlo, había hecho las maletas y se había ido. Aquello le había acarreado infinidad de problemas. Muchos de ellos todavía no se habían resuelto, como demostraba que otra persona fuera dueña de sus tierras.

Brooke le sonrió y Caleb se dio cuenta de que no solo tenía unas piernas bonitas. Era alta y delgada, pero tenía buenas curvas. Era rubia, llevaba el pelo corto y tenía unos ojos verdes como para perderse en ellos.

Tenía un rostro lo suficientemente bonito como para haber aparecido en las portadas de las revistas. Además, tenía la piel delicada y clara, como si no pasara mucho tiempo al aire libre. Otra señal de que no tenían mucho en común.

Debía de ser la luz de la luna lo que la hacía tan guapa. Quizás también que llevaba mucho tiempo sin acostarse con una mujer. Había aprendido por las malas el riesgo de liarse con una mujer de allí y no solía tener dinero para salir de Crooked Creek.

Le soltó la mano a Brooke y se la pasó por la nuca cuando, en realidad, por donde se la querría haber pasado habría sido por la bragueta. A su mente se le estaban ocurriendo ciertas locuras y su cuerpo había reaccionado.

–Qué sitio tan curioso –sonrió Brooke.

Al fijarse en sus labios, Caleb volvió a tener problemas con los pantalones.

Lo había invitado a cenar y nada más. Era su cumpleaños y se sentía sola. Había aceptado para retrasar lo inevitable: mirar a su padre y a su hermano a los ojos y decirles que había vuelto a fallar.

No había sido por el brillo especial que había visto en los ojos de Brooke. ¡Por Dios, tenía treinta y ocho años, no dieciocho!

Sí, pero cierta parte de su cuerpo parecía no recordarlo.

–Qué noche tan bonita –dijo Brooke echando la cabeza hacia atrás y aspirando profundamente.

–Sí –contestó Caleb intentando apartar de su mente el deseo de besar sus labios y sentirla desnuda.

Menos mal que los iba a separar una mesa. Mientras no la volviera a tocar, podría controlarse.

Justo cuando se disponía a abrirle la puerta del restaurante, salió una pareja y Caleb se paró para dejarlos pasar. Brooke se chocó contra él, que sintió sus pechos en la espalda y sus caderas en el trasero.

–Perdón –se disculpó–. ¿Te pasa algo? –añadió con el ceño fruncido.

Caleb había olvidado que los jueves y viernes por las noches, el local tenía música en directo y ponían velas para conseguir un ambiente más romántico. Lo último que necesitaba.

–Hay una orquesta –consiguió decir–. Va a haber mucho ruido. Creo que será mejor que nos vayamos a otro sitio.

Brooke parecía encantada. Obviamente, iba a querer bailar.

–No, ¿por qué? Me encantan las orquestas.

La camarera los saludó con una gran sonrisa y a Caleb no le dio tiempo a insistir. En un abrir y cerrar de ojos, Brooke había pedido mesa para dos y estaban sentados junto a la pista de baile.

Caleb no podía más. Aquella mujer lo estaba colapsando y no había pasado nada. Tendría que volver al bar, emborracharse, dormir en el coche y volver a casa a la mañana siguiente.

Lo último que debía hacer era pasar la velada con una mujer que tenía los últimos cinco años de su vida planeados. Lo había leído en su agenda. Su ex también solía hacer listas.

Miró a Brooke, que estaba observando a las parejas que bailaban, y se tensó. Sabía lo que iba a pasar.

–Ojalá supiera bailar tan bien como ellos –comentó Brooke.

–Es muy fácil –dijo Caleb mordiéndose la lengua al instante.

–¿De verdad? ¿Me enseñas?

Maldición. ¿Cómo iba a negarse? Era su cumpleaños.

–Después de cenar –contestó rezando para que la orquesta, que se disponía a hacer un descanso, no volviera.

–¿A qué te dedicas? –le preguntó después de pedir la cena.

–Tengo un rancho –contestó escuetamente.

Le encantaba lo que hacía, pero no le gustaba hablar de ello porque a las mujeres no les solía agradar.

–¿Y tú?

–Yo... escribo –contestó Brooke bajando la mirada.

–¿Qué escribes?

–Libros de autoayuda –contestó a la defensiva, como si esperara que se riera de ella.

–Ahora lo entiendo todo.

–¿Qué entiendes?

–Todas esas frases hechas de antes. ¿Y a quién has venido a ayudar aquí?

–A mí.

Caleb enarcó una ceja curioso.

–Estoy intentando saber qué quiero hacer en la vida a nivel personal –añadió moviéndose en la silla–. Redefiniéndome.

En ese momento, llegó la camarera con la cena.

–¿Tú lo sabes? –le preguntó cuando se hubo ido.

–Nunca me lo he planteado, la verdad –contestó Caleb con la boca hecha agua–. Siempre he tenido muy claro que me iba a dedicar al rancho.

–¿Por qué?

Caleb tenía hambre, pero iba a tener que esperar.

–Porque mi padre es ganadero. He nacido en Texas y soy un vaquero de los pies a la cabeza.

–¿Tus hermanos hacen lo mismo?

–Tengo tres y no. Uno es médico, el otro se dedica al rodeo y el único que queda en casa es Patrick.

–Así que tenías varias opciones y elegiste dedicarte al rancho.

Caleb reflexionó. A él no le parecía que hubiera tenido otra opción en ningún momento, pero se había dado cuenta de lo mucho que amaba el rancho cuando Amanda había intentado convencerlo para irse a la ciudad.

¿Cómo explicarle a una urbanita el amor que sentía por los espacios abiertos y por la Naturaleza?

–Será mejor que empieces a comer porque se va a enfriar –le recomendó.

Brooke tomó una costilla y la probó.

–Chúpatelos –le dijo Caleb al ver que, por supuesto, se había manchado los dedos.

–¿Cómo dices?

–Que te chupes los dedos.

Brooke dudó, miró a su alrededor y vio que todo el mundo lo hacía. Se metió un dedo en la boca y otro y otro.

Dios mío. Verla comer era una experiencia de lo más erótica. ¿No habría sido mejor dejar que siguiera hablando? Caleb tragó saliva y se dio cuenta de que lo tenía tan distraído que apenas estaba comiendo.

–¿Y cómo es eso de redefinirse? ¿Duele?

Brooke sonrió.

–Un poco. Conocerse a sí mismo siempre es difícil.

–¿No te interesa seguir los pasos de tus padres?

–No, los dos son catedráticos y se pasan el día escribiendo tesis que solo sus colegas entienden. Le dedican mucho tiempo y muy poca gente puede leerlos. Yo quiero llegar a millones de personas y ayudarlas a sacar el potencial que llevan dentro.

Caleb se puso nervioso. Aquello mismo había dicho su ex mujer. Amanda quería que sacara su potencial siendo director de la asociación ganadera del condado, de la ciudad y... ¡por Dios, pero si había soñado con que fuera incluso gobernador del estado!

Mientras tanto, ella se pintaría las uñas, se gastaría su dinero y jugaría a ser la reina del castillo. El problema había sido que Crooked Creek no era un castillo y Amanda había tardado solo dos años en gastarse todo lo que su familia tenía ahorrado.

Su hermano Brand se había quedado sin su fondo de estudios para ir a la universidad y habían tenido que vender una parte del rancho para poder salvarlo.

–¿Tu familia vive por aquí? –preguntó Brooke chupándose de nuevo los dedos.

Si quería contestar de forma coherente, Caleb iba a tener que dejar de mirarla y concentrarse en su cena.

–Sí, todos menos Cort, el pequeño, que está en Carolina del Norte.

–Tenéis raíces –dijo con cierta envidia–. Eso es lo que yo intento.

La camarera llevó los postres justo cuando la orquesta volvió del descanso. No le hizo ninguna gracia, pero, por lo menos, impidió que Brooke siguiera haciéndole preguntas incómodas.

Se metió un trozo de pastel de chocolate en la boca, cerró los ojos y suspiró. Caleb no pudo evitar imaginársela suspirando igual con él dentro de su cuerpo. Se fijó en su cuello y sintió que la ingle protestaba de nuevo, así que se bebió de un trago el vaso de té con hielo.

–Pruébalo. Está de pecado –dijo Brooke abriendo los ojos.

Si ella supiera lo que estaba pensando, sí que

le iba a parecer de pecado. ¿Qué tal sustituir el tenedor que tenía en la boca por otra cosa?

–No me quiero interponer entre tu postre y tú. No estoy loco. Te está gustando tanto que serías capaz de saltarme a la yugular. Todo para ti.

–No, de verdad, pruébalo –insistió Brooke ofreciéndole un tenedor lleno de pastel de chocolate.

¿Le estaba sugiriendo algo más? No parecía, pero estaba tan oxidado que, tal vez, se estuviera equivocando y no estuviera viendo lo obvio.

Lo cierto era que se moría por ver hasta dónde llegaba aquello. Al fin y al cabo, pasar la noche con una mujer guapísima era la mejor opción que tenía. Además, estaba de paso.

Le agarró la mano y se metió el tenedor en la boca sin dejar de mirarla a los ojos. Paladeó el pastel y se imaginó que lo tomaba de su boca, así que no pudo evitar fijarse en sus labios.

Brooke dio un respingo y le tembló la mano. Caleb volvió a mirarla a los ojos y vio algo oscuro y brillante en ellos.

Su corazón, y otras partes de su anatomía, restallaron.

Brooke retiró el tenedor, lo dejó en la mesa y desvió la mirada. Se le había acelerado el pulso y Caleb se dio cuenta de que se mojaba los labios nerviosa y de que estaba sentada en el borde de la silla como si fuera a salir corriendo.

Al menos, la atracción no era unilateral.

–¿Lo que está bailando esa pareja de allí es típico de aquí? –preguntó con la voz más sensual que Caleb había oído en su vida.

–Sí –contestó Caleb.

–¿Cómo se llama?

–Sexo vertical.

Brooke lo miró con la boca abierta, se arrellanó en la silla y siguió mirando.

–¿Bailamos? –preguntó.

–Si quieres –contestó Caleb rezando para poder controlarse.

La llevó a la pista y la tomó entre sus brazos.

–Relajada. Se dan dos pasos rápidos y dos lentos. Luego, hay que ir hacia atrás y quitar los pies.

–¿Lo dices para que no te pise?

–¿Lo vas a hacer?

–Espero que no –contestó mirándose los pies y concentrándose como si estuviera operando a un paciente a vida o muerte.

–Brooke, deja que yo te lleve –dijo Caleb.

Así lo hizo, pero, por su cara, Caleb vio que no estaba disfrutando. Contaba los pasos y estaba tensa. Sin embargo, para la tercera canción, comenzó a entender el ritmo y a hacerlo bien.

–Eso es –la animó.

Bailaron un buen rato y, cuanto más se relajaba Brooke, más se acercaba al cuerpo de Caleb, que no creía que lo estuviera haciendo adrede, pero lo estaba volviendo loco.

–¿Nos sentamos? –propuso.

–Podría estar bailando toda la noche –sonrió ella.

A Caleb se le ocurría otra cosa que le apetecía mucho más hacer con ella durante toda la noche.

–Pues yo, no –contestó sinceramente.

Como si le hubiera leído el pensamiento, Brooke se sonrojó y se paró en seco.

–Eh... no quería forzarte, quiero decir... Ay, Dios mío, esto es una locura –tartamudeó–. No nos conocemos de nada y quiero... –se interrumpió y se mordió el labio inferior.

–¿Qué es lo que quieres, Brooke?

–Nada, olvídalo. Vamos a terminar de bailar...

Caleb accedió. Aquella mujer debía de tener su edad y no paraba de ruborizarse. Aquello lo enternecía. Si fuera la devoradora de hombres por la que la había tomado al entrar en el bar, no querría nada con ella. Ya habría tenido su cupo de mujeres agresivas en la vida. Aquel lado tímido de Brooke lo excitaba sobremanera.

–¿Sabes lo que quiero yo? –le susurró al oído–. Quiero probar a ver si sabes tan dulce como el pastel de chocolate.

La sorpresa de Brooke fue tan tremenda que Caleb pensó por un momento que iba a tener que resucitarla.

Se sentó de repente porque las piernas no la tenían en pie. Había querido aprender a bailar como la gente de allí para empezar a habituarse a las costumbres del estado que iba a ser su hogar, pero lo que había conseguido había sido desear otro producto típico de la zona: el guapísimo y dulce vaquero con el que estaba bailando.

¿No había tenido suficiente cosas malas su cuerpo aquella noche con el pastel de chocolate y la cerveza? Lo último que necesitaba era añadir una aventura de una noche a su lista de pecados.

«Una aventura de una noche», pensó. La idea la atraía. Nunca lo había hecho y, por supuesto, no iba a empezar aquella noche.

Cuando tomó el vaso de agua para ver si su sistema se enfriaba un poco, notó que le temblaban las manos. ¿Por qué ovular nunca la había afectado tanto? Estaba sintiendo la llamada de lo salvaje con más fuerza de lo que jamás habría imaginado.

Caleb la deseaba. Sí, era cierto, se lo había visto en los ojos y lo había notado en su forma de agarrarla y en aquel contacto accidental con su entrepierna.

Nunca se había encontrado tan excitada en su vida. Hacía apenas tres horas que conocía a Caleb y quería desnudarlo allí mismo.

La camarera pasó junto a su mesa y Brooke le pidió la cuenta con un hilo de voz. ¿Y qué harían cuando hubiera pagado?

No tenía ni idea.

Había empezado la velada queriendo explorar lo que la hacía sentir Caleb. No creía que la experiencia iba a durar más allá del postre. ¿Qué tenía en común con un hombre que se ganaba la vida marcando reses?

¿Iba a tener valor para seguir investigando? Nunca había sido lanzada en el tema sexual. Incluso uno de los hombres con los que había compartido la cama la había llamado reprimida solo por haber planeado sus coitos con semanas de antelación.

Además, le gustaba decirle al hombre exactamente lo que le gustaba, pero no lo hacía porque le gustara mandar sino para ayudarlo porque tenía muy claro lo que quería de su pareja.

¿Y a qué le había llevado aquello?

A haber tenido tres relaciones que no habían salido bien y una cita al día siguiente en una clínica de inseminación artificial.

Estaba tan nerviosa que pensó en tomarse un antiácido, como llevaba haciendo ya un par de días a todas horas.

Lo cierto era que después de la inseminación, el plan era volar a California, recoger sus cosas y hacer la mudanza a su rancho del condado de McMullen.

No volvería a ver a Caleb jamás.

Sentía un vacío en el estómago que le resultaba nuevo.

¿Habría llegado el momento de ser espontánea? Se metió el antiácido en la boca.

–¿La barbacoa estaba demasiado fuerte? –le preguntó el vaquero con sincera preocupación.

–No, las tomo por el calcio –contestó Brooke pensando en que al bebé le iría bien.

–¿Has terminado con el postre?

Solo había tomado un bocado y Caleb otro, pero no podía seguir.

–No, pero... eh... me lo voy a llevar –contestó.

Haz lo que te pida el cuerpo. Capítulo uno de su primer libro. Llevaba diez años buscando el éxito externo para tener contentos a su editor, a su público y a sus padres. Se había olvidado de lo que ella quería. Se sentía vacía y con cierto complejo de fraude ya que no predicaba con el ejemplo.

Por eso, había decidido mudarse a Texas, para buscar lo que quería de verdad.

Y en aquellos momentos quería a Caleb.

«Sé espontánea», pensó con un escalofrío. Nunca lo había sido.

Necesitaba su agenda y un bolígrafo a todas horas del día para considerar las cosas desde todas las perspectivas posibles. Por desgracia, se la había dejado en el coche y no había tiempo para pensárselo demasiado.

El crecimiento personal solo se alcanza sobrepasando las fronteras que uno mismo se impone. No dejes pasar un solo día sin dar un paso al frente. Primer libro, capítulo dos.

–Mi motel está aquí cerca –dijo.

Caleb parpadeó y la miró con deseo, pero en lugar de besarla, como ella esperaba, sacó dinero y pagó la cena.

–Iba a invitar yo –protestó Brooke.

–Puedes invitar tú a los preservativos. Vámonos.

¿No se habría precipitado?

–Yo... eh... –tartamudeó Brooke.

Aunque se ganaba la vida dando conferencias, no le salían las palabras. Además, se había quedado pegada a la silla.

–¿Prefieres que te acompañe al coche y nos despidamos allí?

«El que no arriesga, no gana».

Brooke tomó aire, se mojó los labios e intentó ser valiente.

Caleb se puso el sombrero.

–Espera –le dijo Brooke.

Nunca había deseado a un desconocido, pero la oportunidad era buena. No lo iba a volver a ver.

«Sé espontánea».

Se sentía tan tensa como si fuera a tirarse de un avión en caída libre.

–¿Dónde hay una tienda para comprar los preservativos? No conozco la zona –consiguió decir.

–Hay una farmacia en la esquina –contestó Caleb con fuego en los ojos.

Si la vieran sus padres, dirían que estaba teniendo un brote psicótico o algo parecido. Aquel no era el comportamiento que le habían inculcado en casa.

–Vamos –dijo levantándose rezando para que las piernas la sostuvieran.

Caleb la guió fuera del restaurante y hasta la farmacia. Una vez allí, Brooke tomó del mostrador la primera caja de preservativos que vio. Se encontraba tan avergonzada como una adolescente.

Para colmo, cuando la miró comprobó que había elegido la caja más grande de extra grandes.

–Ambiciosa, ¿eh? –dijo Caleb enarcando una ceja una vez fuera de la tienda.

Brooke quiso que se la tragara la tierra. Nunca

antes había comprado preservativos, pero no estaba dispuesta a admitirlo.

«No te dejes atrapar por tus propios miedos. Aprovecha las oportunidades».

–¿Tienes miedo de no dar la talla? –dijo echando los hombros hacia atrás.

–Haré lo que pueda –contestó Caleb sonriendo de forma sensual.

–El motel está...

–Ahí mismo –concluyó Caleb–. Sí, lo sé. Es el único que hay por aquí. ¿Prefieres que no deje el coche en la puerta?

Aquel gesto resultaba de lo más considerado teniendo en cuenta que no se conocían de nada ni se iban a volver a ver.

–¿En qué habitación estás? –le preguntó apartándole un mechón de pelo de la cara–. Voy a dejar el coche al otro lado de la calle y ahora subo.

Brooke se dio cuenta de que había llegado al punto de no retorno, pero no sintió necesidad de tomarse un antiácido.

–En la 118. Está en la parte de atrás.

Caleb la acompañó a su coche y esperó a que se sentara y se pusiera el cinturón. Al despedirse, le rozó un pecho y Brooke hubiera jurado que lo había hecho adrede. Lo cierto fue que había sentido como una descarga eléctrica por todo el cuerpo que la había hecho temblar de anticipación ante lo que iba a ocurrir.

–Si cambias de opinión, no me abras la puerta –susurró Caleb–. No te guardaré rencor –añadió cerrando la puerta y alejándose.

Aquel vaquero era todo un caballero, lo que era un consuelo porque, si iba a hacer una locura, mejor hacerla con un hombre considerado del que se pudiera fiar.

El problema era que no sabía si podía fiarse de sí misma.

Capítulo Tres

Caleb no esperaba que Brooke abriera la puerta. Suponía que se lo habría pensado mejor y hubiera decidido no perder el tiempo con un simple vaquero. Como estaba casi seguro de que era aquello lo que iba a suceder, se autoconvenció de que no debía sentirse decepcionado.

Cuando le abrió la puerta, se quedó sin habla. Brooke se había quitado los zapatos y llevaba las uñas de los pies pintadas de rosa.

–Pasa –le dijo.

A juzgar por cómo reaccionaba su cuerpo a su voz susurrante, el espectáculo se iba a terminar antes de haber comenzado y aquello no podía ser. Tenía que controlarse.

A pesar de que se moría por entrar, desnudarla y hacerla suya sobre la alfombra, decidió frenar un poco.

–Hazme pasar –dijo en plan chulo.

–¿Cómo?

–Si me quieres, chica de ciudad, ven y tómame.

Brooke miró a derecha y a izquierda. No había nadie en la calle.

–Creí que eras un hombre hecho y derecho

que sabía lo que quería –dijo cruzándose de brazos.

–Así es.

Brooke le miró la bragueta, se sonrojó y apartó la mirada. Tomó aire y sonrió perversa. Aquello hizo que Caleb sintiera una descarga por todo el cuerpo.

Lentamente, Brooke se deshizo el nudo de la chaqueta. Caleb sintió que se le aceleraba el corazón. Observó cómo se quitaba el cinturón y jugueteaba con él. Todas las fantasías adolescentes se agolparon en su cabeza.

Se lo lanzó al cuello como si lo hubiera cazado con lazo y lo hizo entrar en la habitación.

La había retado, pero no había esperado una respuesta tan entusiasta por su parte. Se moría por cerrar la puerta y llevarla a la cama, pero se contuvo para ver qué hacía ella.

Sin dejar de mirarlo a los ojos, le quitó el sombrero y lo dejó junto a la puerta. Se mordió el labio inferior y lo miró de arriba abajo. Caleb tragó saliva.

–Es la primera vez que hago esto –confesó Brooke cerrando la puerta.

A Caleb le costaba pensar con claridad y creyó que no había oído bien. Era imposible que, a su edad, hubiera dicho aquello. Abrió la boca para besarla, pero Brooke hizo un quiebro y comenzó a mordisquearle la oreja.

–¿De qué se trata esto, de hacer el amor o de torturarme?

–¿Te estoy torturando, Caleb? –rio Brooke.

–Sí –confesó él.

Brooke lo agarró del cinturón y se colocó tan cerca de su boca que Caleb tuvo que hacer un esfuerzo para no arrasársela. Sentía su aliento en los labios, pero en el último momento lo besó en la barbilla.

La dejó hacer, quería que tomara ella la iniciativa aunque lo estuviera matando de deseo. Prefería eso a parecer un tipo sin control.

¿Si se ponía a hacer cálculo mental podría tranquilizarse un poco?

Sintió la lengua de Brooke en el hoyuelo de la barbilla y tragó saliva.

–Nunca me he acostado con un hombre que no fuera mi novio –le dijo.

Alarmado, Caleb dio un paso atrás. Su madre se había fugado con un amante y él no quería destrozar una familia.

–¿Estás casada?

–No –contestó–. Ahora eres el único hombre que hay en mi vida y lo vas a ser durante solo una noche. ¿Lo entiendes? Mañana, nos despediremos y haremos como si esto jamás hubiera ocurrido.

Normalmente, solía ser él quien dejaba muy claras sus intenciones. Se le hacía un poco raro que se las dejaran a él. Obviamente, estaba de acuerdo en que no iban a tener una relación, pero aquello de no ser inolvidable lo molestaba ligeramente.

–Por mí, bien, pero quiero toda la noche. Nada de un ratito y ya está.

Brooke se estremeció.

–Muy bien. ¿Qué se suele hacer en una aventura de una noche, Caleb? No sé qué hacer a continuación.

–Lo que quieras, preciosa –contestó pensando que a él se le ocurría de todo.

–¿Te ato o te vas a portar bien? –dijo Brooke con el cinturón de seda todavía en la mano.

Caleb sintió que estaba a punto de tener el mismo problema que la primera vez que lo había hecho, así que apretó los puños y luchó por controlarse. Sintió que tenía todo el cuerpo tenso y que el sudor le perlaba la frente.

–Me voy a portar bien tanto si me atas como si no –contestó con la respiración entrecortada.

Aquello la sorprendió. Los demás hombres con los que se había acostado la habían intentado dominar tanto fuera como dentro de la cama y ella no era una mujer que entregara alegremente el control de su vida. Que se lo preguntaran a ellos.

Más de una vez, había sospechado que su incapacidad para disfrutar del sexo radicaba precisamente en no dejarse llevar, en no descontrolarse.

–¿Me dejarías?

Caleb se encogió de hombros, pero le latía el corazón aceleradamente.

–Nunca lo he probado. Podría ser divertido.

A Brooke nunca le había afectado tanto el deseo como para temblar, como le estaba sucediendo en aquellos momentos. Caleb la hacía querer experimental cosas que jamás se le habían pasado por la cabeza.

Recordó todo lo que no se había atrevido a

probar en otras ocasiones y se preguntó si iba a tener valor para hacerlo con un hombre al que no conocía y al que no iba a volver a ver.

La respuesta era no. Era una navegante, pero no una aventurera. Le gustaba saber dónde iba.

«Pero si no lo voy a volver a ver», se recriminó a sí misma.

–No es por ponerme pesado, pero, ¿te importaría que siguiéramos? –dijo Caleb interrumpiendo sus pensamientos.

–¿Tienes prisa por salir corriendo, vaquero?

–No es eso precisamente lo que tengo en mente –contestó Caleb agarrándola de los hombros–. Lo que quiero es probar tu boca. ¿Me vas a torturar durante mucho más tiempo?

–Madre mía...

Sus otros amantes nunca hablaban mientras hacían el amor. Si Caleb se ponía a hacerlo, tal vez la hiciera desconcentrarse.

–¿Me vas a hacer sufrir, chica de ciudad? –le preguntó a un centímetro de su boca.

Al sentir su aliento tan cerca, se le aceleró el corazón como si jamás en la vida la hubieran besado.

Se apretó contra él y sintió un tremendo calor por todo el cuerpo en cuanto sus labios se tocaron. Aquel hombre abrasaba.

Lo besó una vez y otra y otra. Con curiosidad y deseo. ¿Qué pasaría si perdiera el control? No, no podía ser. Debía mantener la cabeza fría para poder disfrutar.

Sintió la mano de Caleb en el pelo y lo oyó gemir. Jugueteó con su labio inferior y lo oyó emitir un sonido impaciente. ¿Qué tendría que hacer para ponerlo al límite?

Ya lo descubriría luego. Primero, tenía que estar ella tan excitada como él. No se quería quedar fuera.

Le pasó la lengua por los dientes y Caleb le puso sobre las caderas. Brooke se preguntó qué iba a ser de ella cuando las sintiera sobre la piel desnuda y no a través de la tela del traje.

Lo besó con fruición y Caleb la sorprendió succionándole la lengua y moviéndose contra ella como lo haría, si tenía suerte, dentro de un rato cuando lo tuviera dentro. La idea la hizo estremecerse.

Sentía una inmensa impaciencia por descubrir hasta el último centímetro de su cuerpo, pero se contuvo porque sus pasadas experiencias habían sido una carrera para ver quién llegaba primero a la meta y ella, muchas veces, no había llegado.

La única manera de asegurar el placer era darle tiempo a su cuerpo para que se calentara y así lo hizo aunque tardó un buen rato.

Tomó aire y aspiró su aroma. Le desabrochó la camisa y acarició su torso desnudo.

–Caleb... –murmuró.

–Dime qué quieres –le dijo él.

Nunca le habían hablado así.

–Quiero que me toques –contestó con voz ronca.

Fue como si Caleb hubiera estado esperando a que le dijera aquello porque se apoderó de una de sus nalgas y la besó con fuerza.

Brooke se alarmó. Caleb había tomado velocidad y corría el riesgo de que llegara a la meta desde allí mismo, dejándola sola a mitad de camino. Quiso decirle que fuera más despacio, pero era imposible. No podía hablar con su lengua dentro de la boca.

La hizo retroceder hasta que sintió la pared en la espalda. No se podía mover, pero sintió el muslo de Caleb entre las piernas moviéndose contra el punto más sensible de su cuerpo. A duras penas, consiguió controlar el deseo de frotarse contra él.

La acarició sin dejar de besarla en ningún momento. Los besos nunca la habían excitado particularmente, pero con Caleb era diferente.

Sus pechos se morían por ser el centro de atención, pero Brooke tenía las manos atrapadas entre sus cuerpos. Si hubiera podido, le habría agarrado las suyas y se las habría colocado sobre los senos.

Como si le estuviera leyendo el pensamiento, Caleb deslizó las manos dentro de su blusa. Brooke ahogó un gemido de placer y sintió que no le llegaba el aire a los pulmones.

Con una lentitud agonizante, Caleb se abrió paso por debajo del encaje del sujetador. Brooke sintió que los pezones se endurecían de placer y que la entrepierna se le humedecía.

Para su desgracia, Caleb volvió a bajar las manos y se concentró en quitarle la falda con hábiles movimientos. En breves instantes, la prenda le cayó hasta los tobillos. Para ello, Caleb se apartó un poco y dejó de besarla.

Viéndose libre, intentó decirle que fuera un poco más despacio, pero en ese momento sintió la palma abierta de su mano en la tripa y un dedo que se adentraba peligrosamente por la cinturilla de las braguitas le hizo no poder pronunciar palabra.

–Lo sabía –susurró Caleb.

–¿A qué te refieres?

–A que no llevas ropa interior de algodón blanco. Me quieres volver loco, ¿verdad? –sonrió.

Acto seguido, se puso de rodillas entre sus piernas y le besó en el centro del triángulo de tela. Al sentir su aliento en una parte tan íntima, Brooke se tuvo que agarrar a sus hombros.

Caleb se movía demasiado rápido y estaba haciendo cosas que ella no se esperaba. Abrió la boca para decirle lo que le gustaba que le hiciera y cómo, pero en ese momento Caleb le bajó las braguitas y se concentró en meter la lengua entre sus rizos.

Brooke se quedó sin aliento. Se estaba saltando el orden establecido. ¿No se suponía que para excitar a una mujer había que empezar por tocarle los pechos? No lo había hecho, iba por libre y le estaba gustando, pero sentirse tan fuera de control la asustaba.

Tenía que hacerlo parar, pero era imposible. Caleb le estaba dibujando círculos con la lengua por la parte interna de los muslos y Brooke sintió que su libido se había desbocado.

Le temblaban las piernas y sintió que se le tensaba el abdomen. Aquello no podía estar sucediendo. Jamás había tenido un orgasmo sin, por lo menos, media hora de calentamiento por encima de la cintura.

Y, sin embargo, allí estaba agarrada al pelo de un desconocido y explotando como una botella de champán. Ella que nunca hacía nada espontáneo, acababa de hacerlo.

–¿Dónde están los preservativos? –dijo Caleb.

Aquello no había acabado. Brooke sintió que se le salía el corazón del pecho. Sin poder articular palabra, le señaló la mesilla.

Caleb tomó uno y lo abrió. En un abrir y cerrar de ojos, se bajó los pantalones y lo extendió sobre su potente erección.

–La primera vez va a ser rápida, pero ya te recompensaré –sonrió–. Ponme las piernas alrededor de la cintura.

A Brooke nunca le habían gustado las relaciones sexuales rápidas, pero aquella le estaba encantando. Se moría por sentir su miembro dentro.

La levantó como si no pesara y la colocó contra la pared. Brooke le pasó los brazos por el cuello y él la agarró de las nalgas para embestirla con fuerza.

Aquello la hizo gritar. Era la primera vez en su vida que le sucedía. Ella jamás gritaba al hacer el amor.

Caleb entró y salió de ella varias veces muy deprisa, como un caballo desbocado, y por primera vez en su vida Brooke se encontró siguiendo el ritmo. Sus bocas se encontraron y se besaron hasta que, exhaustas, se separaron para tomar aire.

Se miraron a los ojos y Brooke se encontró siendo incapaz de apartar la mirada. Nunca había visto en los ojos de sus amantes aquella fuerza, aquel deseo, aquella compenetración. Era una sensación nueva y placentera que la llenó de orgullo.

Lo había hecho sudar, lo había hecho enrojecer por el esfuerzo y había conseguido que se le entrecortara la respiración. Ella y solo ella.

Sorprendida, se dio cuenta de que estaba teniendo otro orgasmo.

«Y no me ha tocado los pechos», recapacitó.

Lo oyó gemir y sintió su erección muy adentro. Inmediatamente, volvió a alcanzar el clímax. Era la primera vez en su vida que tenía un orgasmo múltiple. Aquello era increíble.

No tenía ni idea de que tuviera tal capacidad de disfrute y se encontró temblando de pies a cabeza y aferrándose a Caleb como a un clavo ardiendo.

La llevó a horcajadas a la cama. No quería soltarla. Le gustaba cómo se agarraba a él como si le fuera la vida en ello.

Se dejó caer de espaldas y Brooke cayó sobre él. Durante unas décimas de segundo, se preguntó por qué la había tomado contra la pared teniendo una cama. Desde luego, debía de haber hecho que creyera que era un vaquero sin modales.

–¿Qué me has hecho? –preguntó indignada.

Avergonzado por haber terminado tan rápido, se prometió a sí mismo que la próxima vez iba a demostrar un poco más de sensibilidad. Por lo menos, desnudarla antes.

–Si no lo sabes es que no lo he hecho bien –contestó–. Vamos a tener que repetirlo.

–No lo entiendes. Esa no era yo –protestó Brooke.

¿Por qué lo decía tan preocupada?

–No lo entiendes, de verdad –insistió sentándose en la cama–. No soy la mujer salvaje con la que acabas de…

–Hacer el amor –concluyó Caleb–. ¿No has sido tú la que ha jadeado? Pues entonces, preciosa, es que las paredes son de papel de fumar y los de la habitación de al lado se lo están pasando igual de bien que nosotros.

Brooke se sonrojó e intentó apartarse, pero Caleb se lo impidió.

–Ten cuidado. No queremos que el cargamento se salga, ¿verdad? –le dijo recordándole que seguía dentro de ella–. Tú misma lo has dicho. Solo una noche. No queremos consecuencias.

Maldición. Caleb se dijo que aquella presión que sentía en el pecho no era decepción, claro que no.

Horrorizada, Brooke se apartó. Lo último que le hacía falta era llevar meses eligiendo al donante perfecto para acabar quedándose embarazada de un hombre al que no conocía de nada y con el que había ligado en un bar.

–Estás de lo más sexy –dijo Caleb mirando hacia el espejo.

Brooke siguió su mirada y comprobó que le estaba mirando las nalgas. Entonces, se dio cuenta de que por delante también se le veía todo. Tímida tras los momentos de pasión, intentó taparse.

Caleb sonrió, negó con la cabeza y se levantó.

–Demasiado tarde para esconderte –le dijo–. Ya sé cómo sabes.

Brooke no supo qué decir. Claro que lo sabía, no hacía falta que se lo recordara.

–Te sigo deseando, Brooke, pero quiero verte desnuda –le dijo a escasos milímetros de su boca.

Brooke sintió que su cuerpo se tensaba de nuevo de deseo mientras lo veía ir al baño. Oyó la ducha y rezó para recuperar el control mientras él se duchaba.

¿Qué había hecho? ¿Cómo era posible que quisiera hacerlo de nuevo?

–Brooke –dijo Caleb mirándola desnudo desde la puerta del baño.

Tenía un cuerpo perfecto, grande y fuerte, de hombros poderosos y bronceados. Brooke sintió que se le secaba la boca. ¿De verdad que le había gustado tanto un acto tan primitivo? No podía ser.

Caleb le hizo una señal con un dedo para que se aproximara.

–No... nunca me he duchado con un hombre –confesó.

Caleb se acercó, le quitó la chaqueta que todavía llevaba puesta, le desabrochó el sujetador y le tomó los pechos entre sus manos callosas. Al sentir sus pulgares sobre los pezones, sintió que se derretía.

–Siempre hay una primera vez para todo,

¿verdad? Vamos, Brooke, déjame mojarte –dijo andando hacia el baño.

Al llegar, se paró y la miró invitándola a seguirlo, cosa que ella hizo encandilada.

Desde luego, la experiencia con Caleb había sido maravillosa. Sonrió al verlo dormido a su lado.

La noche anterior le había enseñado zonas erógenas de las que no había oído hablar y le había acariciado con maestría partes de su cuerpo que ni siquiera ella, a sus treinta y cinco años, sabía que pudieran producir tanto placer. Estaba cansada, agradablemente dolorida y, por primera vez en su vida, saciada.

Con Caleb no se había mostrado ni fría ni calculadora. La había hecho sentir como una diosa del sexo.

Recordar aquella noche le haría soportar lo que tenía que hacer aquel día.

Como de costumbre, se había despertado antes de que sonara el despertador. Miró en dirección a la mesilla para ver qué hora era exactamente, pero el aparato no estaba allí. Entonces, recordó que había volado por los aires en un arranque de excitación y comprobó que estaba en el suelo hecho pedazos.

Se levantó sin molestarse en taparse con la sábana, como habría hecho normalmente. No, normalmente, dejaba la bata preparada a los pies de la cama para ponérsela nada más despertarse.

Lo cierto es que no había habido nada normal en lo que había pasado la noche anterior.

–¿Dónde vas con tantas prisas? –dijo Caleb medio dormido agarrándola de la mano para que no escapara.

–Quiero saber qué hora es y mi reloj está en el baño.

–Deben de ser las nueve o las diez –dijo Caleb mirando por la ventana–. Ven aquí.

No podía ser. De ser aquella hora...

No quería pensar en qué pasaría si fuera aquella ahora.

–No puedo –contestó a pesar de que la tentación era enorme–. Tengo que irme al aeropuerto. Tengo una cita en Dallas.

Caleb la soltó a regañadientes y Brooke corrió al baño. Buscó el reloj entre las toallas y comprobó que eran las nueve y treinta y siete minutos.

–¿Qué pasa? –dijo Caleb desde la puerta radiante en toda su desnudez.

–Que son las nueve y treinta y siete y mi avión sale a las diez. Si lo pierdo, no llegaré a la cita.

Caleb se rascó la tripa y Brooke se fijó en su erección matutina. Intentó apartar de sus recuerdos cómo sabía, pero no pudo.

–Toma el siguiente y llama para que te cambien la cita.

–No puedo –dijo Brooke pasándose los dedos por el pelo–. La cita es a las doce y el médico se va de vacaciones hoy y no vuelve hasta dentro de tres semanas.

Aquello era horrible. Definitivamente, no iba

a llegar. Se sentó en el borde de la bañera y, al sentir el frío contacto, se dio cuenta de que estaba desnuda, pero no sintió vergüenza.

Había hecho demasiadas cosas con aquel hombre como para sentir vergüenza a aquellas alturas. Lo cierto era que había hecho cosas con él que no había hecho con los hombres con los que había creído que se iba a casar.

Caleb se arrodilló frente a ella y la miró preocupado.

–¿No puedes ir al médico aquí, en Tilden?

–No… –se limitó a contestar Brooke.

Su decisión de ser inseminada artificialmente era algo demasiado privado como para compartirlo.

–¿Estás enferma?

–No te he contagiado nada, si es eso lo que te preocupa –lo tranquilizó.

Caleb maldijo y se puso en pie.

–No lo decía por eso. Sé que no me has podido pegar nada porque hemos tenido cuidado y hemos utilizado preservativos. Lo decía porque me preocupo por ti.

Brooke no recordaba la última vez que había llorado, pero su sincera preocupación le hizo sentir lágrimas en los ojos que se apresuró a controlar.

–Eh, tranquila –dijo Caleb abrazándola.

Al sentir sus dedos por la espalda y su fuerte torso contra los pechos, dejó de tener ganas de llorar y empezó a tener ganas de otra cosa, pero se dijo que no podía ser. Su paseo por el lado salvaje había terminado.

¿Cómo hacer entender a un hombre que sabía muy bien lo que quería en la vida que para ella su vida estaba marcada por una serie de objetivos? No alcanzar uno significaba poner en peligro el siguiente.

No podía permitírselo.

–Voy a intentar cambiar el billete y a ver si el médico me da hora para esta tarde –dijo.

–Muy bien –dijo Caleb dándole un beso en la mejilla.

–Me tengo que ir…

–Sí… ¿Estás bien?

Forzando una sonrisa, sonrió.

–Entonces, me voy a vestir –anunció Caleb.

–Lo siento, pero me tengo que ir…

–No pasa nada, Brooke –le aseguró saliendo del baño.

Ella se lavó la cara e intentó buscar la parte positiva de aquella terrible situación. La preocupó no encontrarla porque era la reina del optimismo.

Se puso la bata y salió a la habitación. Caleb se merecía, por lo menos, las gracias y una despedida educada.

–Para ser de ciudad, no has estado mal.

–Vaya, lo que hay que oír –dijo sonriendo–. Para ser un vaquero, tú tampoco…

Caleb la miró y sonrió haciéndola enloquecer.

–Gracias por este maravilloso regalo de cumpleaños.

–De nada. Ha sido un auténtico placer –contestó Caleb acercándose a ella–. Lo digo de verdad. De hecho, si no tuvieras tanta prisa, te diría que lo repitiéramos.

La tentación era inmensa.

–Y yo, probablemente, aceptaría.

–¿Probablemente? De eso nada, preciosa. Si no tuviéramos los dos cosas que hacer, te desnudaría y estarías suplicando en treinta segundos –fijo Caleb colocándole un mechón de pelo detrás de la oreja.

–No creo... No soy la misma de ayer. No suelo hacer lo que hice anoche.

–Pues disimulas muy bien porque lo hiciste más de diez veces.

–Yo... ¿Las has contado?

–Por supuesto –admitió Caleb–. ¿Tú, no?

Lo cierto era que sí. Menos mal que no iba a volver a ver a aquel hombre en cuyos brazos se había mostrado insaciable.

–Gracias por una noche memorable.

–Creo que hemos tenido cuidado, pero, si pasara algo, llámame –dijo Caleb dándole una tarjeta.

Brooke la tomó sin mirarla. No quería saber cómo se apellidaba ni dónde vivía porque no tenía intención de volverlo a ver.

Prolongar su relación solo les acarrearía problemas. Después de tres relaciones fracasadas, dos de ellas porque sus novios se habían ido con otras, había aprendido que no tenía lo que hacía falta para mantener a un hombre a su lado.

Caleb se puso el sombrero al ver que Brooke no decía nada.

–Adiós, Brooke, y gracias por hacer que un

día que había empezado fatal terminara tan bien. Ya me encargo yo de pagar el despertador.

–No hace falta…

Pero la puerta ya se había cerrado.

Antes de ceder a la tentación de mirar dónde vivía, corrió al baño y tiró la tarjeta al retrete.

Saber que estaba en el mismo condado ya era suficiente tortura.

Lo último que necesitaba para empezar una nueva vida era llevarse nada de la anterior. Aquel vaquero y ella no tenían nada en común. Ella quería la luna y las estrellas y él tenía los pies bien pegados al suelo.

Capítulo Cuatro

–¿Quién ha sido? –le preguntó su hermano Patrick sentado en la valla.

–¿Quién ha sido qué? –contestó Caleb ensillando a su yegua.

–La que te ha hecho el chupetón en el cuello.

Era demasiado mayor para ruborizarse, pero temía que le estuviera ocurriendo. Además, no le gustaba hablar de sus relaciones. Seguramente porque su hermano, que era dos años menor que él, tenía mucho más que contar.

–Es un sarpullido.

–Ya, claro, invéntate algo mejor. Esa ya me la sé. Un sarpullido no te tiene una semana entera sonriendo como un tonto. ¿La conozco?

–¿Te refieres a si te has acostado con ella? No creo.

Patrick sonrió satisfecho y Caleb se dio cuenta de que había dicho más de lo que quería.

–¿Vive en Tilden?

–No.

–Así que no es de por aquí. Ya me extrañaba. Desde lo de Amanda, no te has liado con ninguna de la zona. No todas las mujeres son tan poco de fiar como tu ex y mamá, ¿sabes? Deja de mirarme así, que te pones muy feo.

Menos mal que su yegua preferida estaba entre Patrick y él porque, de no haber sido así, podría haber empujado a su hermano al suelo. Terminó de ensillarla y la sacó del recinto.

–Deberías haberle dicho a Brand que te faltaban diez mil dólares para comprar la otra parte del rancho.

–Brand ya tiene bastante con las gemelas.

–Le va bien –le aseguró Patrick–. Podría haberte dejado el dinero.

–Es una deuda que debo pagar yo.

–Llevas diez años ahorrando, haciendo todo tipo de trabajos. Se te está pasando la vida, Caleb, y todo por un trozo de tierra.

–Reza para que el nuevo propietario siga arrendándonos ese trozo de tierra porque, si no, podríamos perder lo que queda de Crooked Creek. Sin esos acres, no podríamos tener suficientes cabezas de ganado como para que la producción saliera rentable.

–¿Así de mal están las cosas? –preguntó Patrick sorprendido.

–Sí –confesó Caleb–. Voy a ir a hablar con ellos. Solo he visto un coche, nada de furgonetas ni de camiones con ganado. Espero que sea un tipo de ciudad que quiere un rancho, pero no trabajar con vacas.

–¿Quieres que te acompañe?

–Ya puedo yo solo –contestó Caleb silbando

al que había sido el perro de sus antiguos vecinos–. Vamos a ver quién está viviendo en tu casa, Rico.

Brooke oyó sus propios tacones repiquetear contra el suelo de madera de su nueva casa. Los antiguos propietarios habían vendido el rancho dejando casi todas sus pertenencias dentro.

Era una propiedad destinada al turismo rural y se le hacía un poco raro porque parecía que, de un momento a otro, fueran a reaparecer por allí. Le habían dejado hasta revistas.

Los pesados muebles de pino no iban nada con sus muebles de cristal y mimbre de California. El que sí que hubiera ido muy bien en un ambiente tan rústico habría sido Caleb.

Era espantoso. Llevaba dos días imaginándoselo tumbado en el sofá junto a la chimenea. Tampoco iría mal en su cama, donde se había pasado muchos ratos también recordándolo.

Había intentado sin éxito no pensar en él más que cinco minutos al día, pero era imposible.

Tomó aire irritada y abrió una caja que contenía la delicada cristalería. Caleb no le convenía en absoluto. Aunque supiera dónde vivía, cuando quisiera un compañero, no lo elegiría solo porque la hiciera disfrutar en la cama. Ella buscaba mucho más.

Abrió otra caja con una vajilla de porcelana y la volvió a cerrar. Aquellas cosas no iban nada en ese casa, pero eso iba a cambiar pronto.

Hasta entonces, decidió guardar las cajas en el cobertizo.

Se preparó una taza de té, se sentó en la mesa y abrió el informe con los datos de su donante. Aquel era el elegido y el próximo mes sus genes se encontrarían en la nueva cita que tenía en la clínica de Dallas.

Hizo una lista de por qué era el hombre perfecto para ella. Genéticamente, era impecable, no interferiría en su carrera profesional, no dejaría calcetines tirados por ahí ni el champú abierto, no se enfadaría cuando tuviera que viajar para dar conferencias ni porque ganara más que él.

Además, no metería a otra mujer en su cama. Subrayó aquello último dos veces.

Cerró los ojos e intentó imaginarse al bebé que surgiría de la unión de los dos. No lo consiguió. En lugar de eso, en su cabeza se agolparon otros pensamientos.

Aquel donante anónimo no la amaría durante noches enteras ni la haría sentir más placer en una noche que en toda su vida.

Se masajeó las sienes para dejar de recordar. Nunca le había costado demasiado pasar página, pero un vaquero de ojos del color café se le colaba continuamente en la mente.

No puedes avanzar si estás anclada en el pasado, escribió.

En ese momento, llamaron al timbre. Brooke hizo una mueca y dejó el bolígrafo sobre la mesa. La melodía era terrible. Tendría que cambiarla.

Abrió la puerta y se quedó con la boca abierta. Caleb había salido de sus fantasías y se había plantado en carne y hueso en su casa.

La miró de arriba abajo.

Brooke sintió que el corazón le latía aceleradamente y temió que fuera a hiperventilar. Se había olvidado de lo guapo que era al natural. Aquel calor que se había apoderado de su cuerpo debía de ser vergüenza por las cosas que habían compartido, pero lo cierto era que nunca había sentido vergüenza en la entrepierna.

¿Qué hacía allí? ¿Una noche tampoco había sido suficiente para él? Se apresuró a pensar que para ella sí lo había sido y que jamás se repetiría semejante aberración.

Caleb pasó de mirarla con sorpresa a hacerlo con un deseo desmedido.

–¿Qué demonios haces aquí?

Brooke se dio cuenta de que no había ido a buscarla a ella.

–Vivo aquí. He comprado el rancho.

–Tú... –se interrumpió enfadado–. ¿Has comprado el rancho?

¿Qué pasaba? ¿Por qué estaba reaccionado así?

–Sí.

–¿Por qué?

–Porque quiero poner un negocio.

–¿Qué negocio? –preguntó Caleb con los ojos entornados.

–Una casa de reposo desde la que poder trabajar –le explicó sintiendo que le temblaban las rodillas.

Caleb la miró más relajado y Brooke se preguntó si los arañazos que le había hecho al clavarle las uñas en los hombros se habrían curado.

–Bien. Entonces, no vas a necesitar los pastos.

–Me temo que no entiendo nada. ¿Por qué te preocupas por mis tierras?

–Porque soy tu vecino, llevo diez años alquilando las tierras de esta casa para mi ganado y necesito seguir haciéndolo.

Confundida, miró al hombre que la había hecho gemir como a una estrella del porno. ¡Vivía en el rancho de al lado! Dios mío. Tomó aire e intentó tranquilizarse.

–Pasa –le indicó.

El perro que estaba a su lado aulló. El pobre era el chucho más chucho que Brooke había visto en su vida. Tenía un ojo azul y otro, marrón y una oreja medio mordida. Además, estaba en los huesos.

–Quédate ahí, Rico –le dijo Caleb.

A Brooke le dio una pena inmensa, pero tenía otro problema más grave que atender en aquel momento.

Se sentó en el salón y observó a Caleb. Tal y como se había imaginado, iba perfectamente con el mobiliario de su casa.

¿Qué le había preguntado? Ah, sí.

–No puedo alquilarte los pastos porque voy a hacer una piscina, unas canchas de tenis y un campo de golf.

–Ya tienes piscina y lo demás solo ocupará unos cuantos acres.

–Me temo que no lo entiendes. Quiero que mis huéspedes encuentren paz y tranquilidad y esa piscina es enana.

–Necesito tus pastos para que mi ganado no se muera de hambre –protestó Caleb poniéndose las manos en las rodillas–. ¿Qué has dicho? A ver, un momento. ¿Has dicho huéspedes?

–Sí.

–¿Te refieres a familia y amigos?

–No, me refiero a clientes que pagan por mis enseñanzas.

–¿Te refieres a esas frasecitas hechas que empleas continuamente?

Brooke intentó no sentirse insultada.

–Para que lo sepas, doy conferencias a las que van miles de personas. Además, me suelen contratar multinacionales para motivar a sus ejecutivos y enseñarlos a hablar en público. Soy psicóloga, Caleb, y estoy especializada en ayudar a la gente a conseguir sus objetivos en la vida.

–¿Eres psiquiatra?

–No exactamente.

–¿Me estás diciendo que vas a seguir con la casa rural?

–Claro que no. Quiero abrir un establecimiento de primera en el que trabajar con grupos reducidos. No entiendo nada de casas rurales.

–Entonces, ¿por qué te has comprado una?

–Porque la propiedad es perfecta para mis necesidades. Bueno, más bien, pronto lo será.

–¿Qué tiene de malo tal y como está ahora?

–Es demasiado rústica. Voy a tirar los cobertizos y…

Caleb se levantó y fue hacia ella.

–Esos cobertizos se han hecho con el sudor y la sangre de los Lander.

–¿Y tú eres uno de ellos? –preguntó comenzando a entender.

–Exactamente. Mis hermanos y yo construimos esos cobertizos y nos encargamos de su mantenimiento mientras Charlie se ocupaba de su casa rural y nos arrendaba los pastos.

–Entiendo tu preocupación, Caleb, y lo siento, pero no necesito cobertizos para mi negocio.

Caleb se dirigió a la ventana y Brooke comprendió por qué no había podido dejar de pensar en él. Su presencia en aquel lugar estaba por todas partes.

–¿Has estado alguna vez en una casa de reposo de esas? –le preguntó sin darse la vuelta para mirarla.

–Sí, muchas veces.

–¿Y no te das cuenta de que este no es el mejor lugar para poner una?

–¿Desde cuándo eres un experto?

–Solo te digo que los huéspedes de Charlie se quejaban constantemente de que este lugar está en mitad de la nada, lejos del aeropuerto, no hay buenos restaurantes para cenar ni televisión por cable –le contestó girándose bruscamente–. Pero si no tenemos ni pueblo y la tienda más cercana está a media hora…

En un par de zancadas, estaba a su lado y su cercanía la mareó.

–Para triunfar hay que ver las cosas como no las ven los demás –le dijo Caleb.

Brooke sintió una punzada de miedo porque sabía que tenía razón.

–¿Has pensado en aprovechar lo que tienes y realizar tus cursos en una casa rural?

Brooke parpadeó y se forzó a mirarlo a los ojos y no a los labios.

–Eh... no –admitió.

–Piensa en todo el dinero que te ahorrarías si no tuvieras que tirar los cobertizos y construir nuevas instalaciones.

Tenía razón. Además, las casas de reposo eran normalmente impersonales y ella buscaba un contacto más personal con sus clientes.

–No sé, Caleb. El arquitecto ya me había hecho los planos y todo.

–Deja que te convenza de que destrozar este lugar y volverlo a hacer no es una buena idea –dijo Caleb tras mirar el proyecto.

Sus ojos se encontraron y la tensión sexual entre ellos subió varios grados. Caleb se acercó y le puso la mano en el hombro haciéndola recordar el tacto y la fuerza de sus manos.

Brooke cerró los ojos y rezó para que la besara.

«¡No», se advirtió a sí misma.

Caleb la hacía perder el control, algo que le había costado años de lucha. Con un gran esfuerzo, consiguió dar un paso atrás y apartarse de él.

Caleb bajó la mano y volvió a la ventana. Brooke lo oyó maldecir antes de volverse hacia ella.

–Estate lista mañana a las siete. Con ropa de montar.

Lo vio alejarse en su caballo con el perro corriendo a su lado. Cuando desapareció en el horizonte, se desplomó sobre la silla más cercana y apoyó la frente en las manos.

Estaba claro que Caleb había aparecido en su vida para ponerla a prueba, para ver si realmente quería alcanzar los objetivos que se había marcado.

Nada que merece la pena en esta vida es fácil. Primer libro, último capítulo.

A las siete en punto, Brooke oyó las botas de Caleb en el porche. Sin esperar a que llamara al timbre, abrió la puerta.

–Vamos a dejar una cosa clara –le espetó–. Lo que ocurrió en Tilden no va a volver a suceder. No acostumbro a acostarme con mis vecinas.

Brooke lo miró indignada y sorprendida.

–No recuerdo haberte invitado a volver a hacerlo.

Caleb la miró durante unos segundos como queriendo saber si era sincera o no.

–¿Sabes montar? –le preguntó señalando los caballos.

–No –contestó Brooke.

–Pues ha llegado el momento de que aprendas. ¿Tienes un sombrero?

Brooke negó con la cabeza y Caleb se sacó una gorra del bolsillo trasero y se la puso como si fuera una niña pequeña.

–Tienes que comprarte uno –le dijo–. Vamos.

–Espera. Tengo unos restos de comida. ¿Se los puedo dar a tu perro?

–No es mío. Era de Charlie y apenas ha querido comer desde que su amo murió.

–¿Puedo intentarlo? –preguntó Brooke sintiendo una gran pena por el animal.

Caleb se encogió de hombros, así que corrió a la cocina a buscar las sobras. El perro levantó la cabeza cuando se las puso delante, pero no se las comió.

–Vamos, pequeño –le dijo Brooke.

El perro olfateó lo que se le ofrecía y se lo comió.

–Si no lo veo, no lo creo –comentó Caleb.

–Lo encontré en el congelador –confesó Brooke–. Mañana le prepararé un poco más. Parece que lo necesita.

Caleb asintió y se giró hacia los caballos con Rico siguiéndolo de cerca. Brooke se preguntó si tendría idea de los andares tan sensuales que tenía.

Al ver lo grande que era el animal que debía montar, dejó de pensar en la gracia de sus andares rápidamente.

–¿No podemos ir en coche?

–No. El camino es muy estrecho. Venga, no tengas miedo. A Rockette le gustan las mujeres. No te va a hacer nada –le aseguró–. Venga, señorita Blake, deje que le enseñe su propiedad.

¿Cómo sabía su apellido? Ella no se lo había dicho.

Lo que no sabía Brooke era que el día anterior, nada más volver de hablar con ella, Caleb se había conectado a Internet para ver qué era aquello de ser psicólogo y había encontrado su página web.

Había quedado realmente impresionado al ver su currículum y su experiencia como consejera de empresarios y políticos conocidos.

Él no tenía ni idea de aquel mundo, pero estaba decidido a aprender si con ello se aseguraba el pasto para su ganado.

La ayudó a montar y le indicó cómo tomar las riendas y cómo girar a izquierda y derecha.

–No sé si voy a saber hacerlo –se quejó Brooke.

–Claro que sí –le aseguró Caleb montando.

Su caballo comenzó a andar y el de Brooke lo siguió.

–Caleb, este paseo no era necesario –dijo asustada al cabo de un rato.

–Quiero que veas lo que destruirías si haces varias pistas de tenis y un campo de golf. Luego, te explicaré lo que ganaba Charlie. Así verás lo que te perderías si cerraras la casa rural. Claro que puede que ganes mucho más con tus libros y que no lo necesites.

Brooke comprendió que había investigado sobre ella y se preguntó si su comportamiento había cambiado al saber quién era.

–Tienes ordenador, ¿verdad?

–Sí –contestó Caleb–. Si cierras la casa rural, estarás dejando sin trabajo a unas veinte personas. No creo que estuvieran a la altura de tu alojamiento de lujo y no hay mucho trabajo por aquí, ¿sabes?

Durante una hora, le explicó por dónde iban hasta que llegaron a un claro con árboles y se pararon.

–Mis hermanos y yo solíamos acampar aquí para ver animales. Se ve de todo, ¿sabes? Ciervos, pavos, codornices, palomas y jabalíes –le dijo con la misma voz susurrante que había empleado la noche que habían pasado juntos–. Desmonta.

Brooke observó que le ofrecía los brazos para ayudarla y los aceptó aunque no le hacía mucha gracia. Tras dos horas cabalgando, le fallaron las piernas y tuvo que agarrarse a él para no caerse al suelo.

Inmediatamente, recordó con todo lujo de detalles cómo se habían arrodillado uno frente al otro voluntariamente aquella noche y no pudo evitar desearlo.

–Tranquila –dijo Caleb agarrándola de la cintura.

Brooke lo miró y se preguntó si él tampoco podría olvidar la pasión que habían compartido. El brillo que vio en sus ojos le hizo comprender que la recordaba tan bien como ella.

–Brooke, para.

Avergonzada, se apartó y se mojó los labios.

–¿Para qué? –intentó disimular.

–Para de mirarme como si quisieras desnudarme –contestó Caleb con voz ronca.

–¿Y cómo te crees que me miras tú a mí, Caleb?

–Como si te quisiera comer, pero no lo voy a hacer –reconoció tensándose.

–No debe ocurrir.

–No va a ocurrir.

Dicho aquello, Caleb se giró y se dirigió al estanque mientras Brooke se decía una y otra vez que tenía que dejar de mirarle el trasero.

Por primera vez en su vida, le pareció entender por qué había personas que buscaban relaciones solo físicas.

Ella estaba sintiendo la tentación de dejarse llevar.

Capítulo Cinco

–Mis hermanos y yo aprendimos a nadar aquí –le dijo Caleb sin dejar de mirar el estanque.

Se sentía tenso y tuvo que hacer un gran esfuerzo para no arrebatarle a Brooke aquellos pantalones vaqueros tan estrechos que llevaba y hacerle el amor allí mismo, en el suelo.

–Si haces un campo de golf, para mantenerlo tendrás que secar el estanque.

Brooke se acercó a él y miró el agua verde. Caleb se preguntó si se daría cuenta de que era exactamente igual que el color de sus ojos.

–¿Llevas mucho tiempo viviendo aquí?

–Toda mi vida, como mi padre y mi abuelo.

–Así que esta tierra era del rancho de tu familia... ¿Qué pasó?

¿Qué podía decir sin quedar en evidencia? Había mordido el mismo anzuelo que su padre y que su hermano Brand, pero su esposa resultó no estar embarazada. Se lo había tragado bien tragado y, para colmo, cuando Amanda se lo había echado en cara durante una discusión, se había burlado de él por lo fácil que había resultado engañarlo.

–Mi ex mujer quiso su parte. No tenía líquido para dársela ni para hacer frente a las deudas que tenía. Tuvimos que vender una parte de Crooked Creek para que no se quedara con todo.

–¿Y esa parte se convirtió en la casa rural llamada Double C?

–Sí.

–Lo siento –dijo Brooke sinceramente.

–No tanto como yo.

Brooke lo siguió por la orilla. No oía sus pisadas, pero no le hacía falta. Sentía el calor de su cuerpo, tal y como lo había sentido desde la primera vez que se había acercado a ella.

Al principio, se había mostrado algo reservada, pero pasada la primera vergüenza, su pasión había sido tan grande que los había arrastrado a los dos y, para qué negarlo, había sido la mejor noche de su vida.

Claro que había sido solo sexo y no debía olvidarlo. Debía pensar con la cabeza y no con…

–¿No deberíamos atar a los caballos?

No se había dado cuenta de que la tenía muy cerca. Demasiado. Tanto que le bastaría con alargar la mano para tocarle la cara, pero no lo hizo.

Su matrimonio y posterior divorcio le había enseñado algo muy importante. Liarse con su vecina le había costado la mitad de sus tierras y perder a su mejor amigo, el hermano de Amanda, que había cortado su amistad el mismo día en el que su hermana le había ido a contar llorando su historia.

–No, no hace falta –contestó–. Rico es un perro pastor. Si los caballos intentaran irse, él se lo impediría. He estado dándole vueltas a lo de tu casa de reposo y sigo pensando que sería mejor trabajar en un ambiente más relajado, es decir, en una casa rural. Si lo que quieres es que tus clientes se relajen y se abran, ¿qué mejor que fogatas y paseos a caballo? Mucho mejor que suites de lujo impersonales.

–Estoy de acuerdo contigo, pero no sé nada de casas rurales. ¿De dónde voy a sacar a los empleados? –contestó Brooke intentando apartar de su mente el recuerdo de su boca.

–Los de Charlie eran muy buenos. Te bastará con hacer unas cuantas llamadas de teléfono.

–¿Y quién va a reemplazar a Charlie? Desde luego, no yo. No tengo ni idea del negocio.

–Charlie tenía un ayudante para recibir a los grupos y Patrick y yo los incluíamos en todas las actividades del rancho que podíamos. Era parte del trato. Nos alquilaba los pastos a un precio módico y, a cambio, dejábamos que los urbanitas jugaran a ser vaqueros. A los clientes les encantaba y a nosotros nos iba bien así.

–¿Tú sabes llevar una casa rural?

–Un poco –contestó Caleb.

–Así que me podrías ayudar a elegir al candidato perfecto para hacerlo... si me decido a seguir con la casa rural y no con la casa de reposo.

Lo único que quería Caleb era convencerla para que no tocara el rancho ni las instalaciones porque tenía la firme esperanza de que su casa rural o de reposo, daba igual, fracasara y se viera obligada a vender. Así, él podría comprar y saldar la deuda que tenía con su familia.

–Sí –contestó.

No le gustaba embarcarse en aquel proyecto, pero, ¿qué otra salida tenía?

–Me lo pensaré.

Menos mal, no había dicho que no.

–Si quieres volvemos y echamos un vistazo a los libros de contabilidad de Charlie.

–¿Por qué sabes tanto de su negocio?

–Porque le estaba ayudando a informatizarlo todo –contestó Caleb sin querer admitir que llevaba un par de años haciéndose prácticamente cargo de la casa rural.. No sé qué te habrá entregado Charlie Jr. porque le interesaba poco el «hobby», como él decía, de su padre –añadió con visible desagrado.

–No te cae muy bien, ¿eh?

Caleb no quería contarle que se había hecho con el rancho porque la avaricia del hijo de Charlie había sido tan grande que se lo había vendido por diez mil dólares más de lo que él podía dar.

–Monta y vámonos.

Brooke arrugó la nariz.

–No sé si voy a poder –protestó–. Tengo las piernas hechas polvo.

Caleb entrelazó los dedos de ambas manos y se los ofreció como escalón.

–Sube –le dijo.

De camino al rancho, le señaló un grupo de caballos que estaba pastando.

–Son tuyos –le dijo.

–¿Tengo caballos?

–Sí, veinte. ¿No sabes lo que has comprado?

¿Cómo podía haber pagado tal cantidad de dinero por el rancho y no saber exactamente en qué había invertido hasta el último centavo?

–Fue mi abogado el que cerró el trato –contestó Brooke–. Yo vine a ver la casa y los alrededores, pero no sé los detalles. Tenía que cerrar mi casa de California, hacer la mudanza y empezar mi nuevo libro.

–Entiendo. Para que lo sepas, has comprado todo excepto la ropa de Charlie y unas cuantas pertenencias personales que se llevó su hijo.

–Esa no es mi casa –apuntó Brooke señalando la casa a la que acababan de llegar.

–No, es la mía –le aclaró Caleb–. La contabilidad de Charlie está en mi ordenador. Él no tenía. Si está mi hermano Patrick, ni caso. Se pierde por todo lo que lleva faldas –añadió desmontando y ayudando a Brooke a hacer lo mismo.

Intentó tocarla lo menos posible, pero sus rodillas se encontraron y sintió que le subía la temperatura corporal y otra cosa...

Se tomó su tiempo llevando a los caballos a la cuadra. Así, consiguió tranquilizarse antes de acompañar a Brooke a la cocina.

La casa estaba vacía y en silencio. Caleb respiró tranquilo. Lo último que quería era que Patrick conociera a Brooke.

–Siéntate, voy por té con hielo –le indicó dejándola junto al ordenador.

Brooke miró a su alrededor y Caleb se preguntó qué estaría pensando de su casa. Estaba limpia y recogida, pero nadie se había molestado en pintarla desde que hacía diez años Amanda la había reformado por completo.

Se sentó junto a ella, le sirvió un vaso de té y se concentró en abrir los archivos de Charlie. Miraba fijamente la pantalla con la esperanza de poder ignorar el perfume de Brooke.

Desde aquella noche, sabía exactamente las partes de su cuerpo en las que se lo ponía. Uy, uy, craso error. Carraspeó e intentó buscar una postura cómoda en la silla.

–Aquí tienes los ingresos del año pasado y las previsiones para este año –le indicó.

Brooke se echó hacia delante y estudió los números.

–Hay reservas hechas –advirtió.

–Sí, no las había cancelado porque mi intención era seguir unos meses más con la casa rural una vez comprado el rancho. Si quieres cerrar, tendrás que avisarlos y encontrarles otro alojamiento. No va a ser fácil.

Brooke siguió estudiando el detallado trabajo de Caleb, que se retorcía las manos por no poder tocarla. La tenía tan cerca. Debería haberse levantado y haberse ido al otro lado de la habitación, pero no podía.

Tomó el vaso de té con hielo y le dio un buen trago. Una pena que no pudiera tirárselo por la bragueta.

La vio morderse los labios y tuvo que apretar los puños. Aquellos labios le habían hecho gozar mucho aquella noche.

–Te propongo un trato –dijo Brooke–. Si te encargas de llevar la casa rural hasta que encuentre a un director, la mantendré abierta el resto de la temporada. Sería de prueba, que quede claro. Si no funciona o no me gusta, la cerraré y el año que viene abriré mi casa de reposo.

Caleb maldijo mentalmente. Lo tenía entre la espada y la pared y lo sabía. Rezó para que no le costara tanto como a Charlie encontrar un director para la casa.

–¿Y me arrendarías los pastos?

–Mientras te encargues del negocio, sí.

–Durante un año entero y no derribarás los cobertizos –propuso.

–Un año y prometo no realizar cambios dramáticos.

No era mucho, pero era un comienzo.

–Lo quiero por escrito.

–Muy bien –dijo Brooke tendiéndole la mano.

Lo último que quería era tocarla, pero un buen trato se cerraba con un apretón de manos. Al hacerlo, recordó que aquella mano había agarrado otra parte de su anatomía que en aquellos momentos estaba más que lista para que se lo hicieran de nuevo.

–Te llevo a casa en coche –dijo soltándole la mano a toda velocidad.

Brooke frunció el ceño al ver el frasco de linimento que Caleb le había dado antes de irse.

¿Qué le pasaba? Cada vez que aquel vaquero sonreía, ella sentía que le hervía la sangre y que el cuerpo le abrasaba. Parecía una adolescente.

Se encaminó a la recepción de la casa rural. Caleb le había dicho exactamente dónde encontrar lo que necesitaba. Aquello de que supiera exactamente dónde estaba todo en su casa era, cuanto menos, desconcertante.

Tras tomar lo que buscaba, llamó a su abogado y a su asesor fiscal para darle instrucciones sobre los nuevos planes. No era mala idea seguir con el negocio durante un año. Sería menos estrés que ponerse a cambiarlo todo y, cuanto menos estrés tuviera, más posibilidades de quedarse embarazada.

Se sentó y pensó que, desde que había decidido simplificar su vida, lo único que había conseguido había sido complicársela.

Hay que cambiar los objetivos en la vida porque, de lo contrario, los cambios acabarán con ellos, escribió.

Brooke tachó el anuncio que acababa de escribir. Llevaba una semana intentando que alguno de los antiguos empleados de Charlie se hiciera cargo de la casa, pero no había tenido suerte.

Oyó ruidos fuera. No podía ser Rico porque el perro ya había ido hacía horas a por su comida, tal y cómo venía haciendo desde hacía días. Todavía no le había dejado acariciarlo, pero ya no se iba en cuanto terminaba de comer sino que esperaba a que ella terminara de desayunar en el porche.

Miró por la ventana y vio que eran tres vaqueros que llegaban con unos caballos. El primero era Caleb. No le veía la cara, pero lo identificaba por su postura y su sombrero. Y aquellos debían de ser sus caballos. No había vuelto a montar desde hacía una semana y todavía le dolía el trasero.

Se puso su sombrero nuevo color lila, que le daba suerte, y salió. Estaba claro que, al final, Caleb iba a tener que ocuparse de la casa rural, así que le iba a proponer que contratara a quien quisiera.

Para cuando llegó a la verja, los otros dos vaqueros habían metido a los caballos y solo quedaba Caleb.

–Buenos días –lo saludó.

Él le dedicó una de esas miradas que hacían que se le revolucionaran todas las hormonas.

Caleb asintió y desmontó.

–Hola, he venido a traerte unos caballos –sonrió.

En ese momento, volvieron los otros dos jinetes y desmontaron también. Se parecían mucho a Caleb y Brooke decidió que eran su padre y su hermano.

–Tú debes de ser Brooke, yo soy Patrick –se presentó el más joven–. Soy el hermano de Caleb y este es mi padre, Jack –le corroboró sonriendo como si quisiera ligar con ella.

Brooke les estrechó la mano.

–Veo que te has comprado un sombrero –apuntó Caleb.

–Sí. ¿Queréis pasar y beber algo?

–Sí... –dijo Patrick.

–Hay que arreglar la verja norte –lo interrumpió Caleb.

–Ya vamos nosotros –apuntó Jack.

–Encantado de conocerte, Brooke –se despidió Patrick mientras volvía a montar y se alejaba con su padre dejándola a solas con su hermano mayor.

–Caleb, me está costando mucho que los antiguos empleados quieran volver a trabajar aquí.

–Ya me he enterado.

–No entiendo por qué. Me dijiste que estarían encantados de recuperar sus trabajos, pero los he llamado a casi todos y ninguno quiere volver –lo informó mientras iban hacia la casa–. Espero que, ya que te vas a encargar del negocio, me puedas ayudar.

–Es por el contrato –le aclaró.

–¿Qué le pasa al contrato? Es un contrato normal y corriente.

–Lo será en California, pero aquí, no. Aquí, la gente viene, trabaja y les pagas el viernes.

–¿Sin contrato? –se extrañó Brooke.

–Sí.

–Es una locura. Insisto en que todo el mundo firme un contrato… empezando por ti.

Caleb se paró en seco en las escaleras.

–¿Quieres que firme un contrato?

–Tú quieres que te firme un contrato de alquiler, ¿no?

–Sí, pero eso es diferente.

–Es exactamente lo mismo. Yo te prometo una cosa. Tú me prometes otra. Tú lo quieres por escrito y yo, también.

–Mi palabra basta.

–¿A ti te gustaría que yo te diera solo mi palabra y nada en papel?

Caleb frunció el ceño.

–No –admitió enfadado.

–Charlie tendría su manera de hacer las cosas, pero yo no soy Charlie. Quiero que firmes un contrato en el que te comprometas a buscar a alguien que se haga cargo de la gestión del rancho como casa rural y dejando claro que, si no lo encuentras, lo harás tú. A cambio, yo te firmaré un contrato diciendo que puedes traer a tu ganado a mis pastos durante un año. Si tú no firmas, yo no firmo.

Caleb apretó los dientes. Brooke pensó que se iba a montar en su yegua y se iba a ir.

–Enséñame el contrato –dijo sin embargo.

–Muy bien. Está en la oficina.

Caleb la siguió maldiciendo en silencio. No tenía más remedio que firmarlo y eso quería decir pasarse un año con ella.

Se fijó en sus vaqueros y en cómo marcaban su delicado trasero. Aquello iba a ser una tortura. ¿Iba a poder aguantar doce meses sin tocarla? Iba a tener que ser así porque no se podía permitir liarse con otra vecina. Ya había perdido bastante la primera vez que lo había hecho.

–Te dejo que te lo leas –dijo Brooke entregándoselo una vez en la oficina–. ¿Quieres un té de hierbas o un descafeinado?

¿Té de hierbas? ¿Descafeinado? ¿Sombrero lila? Definitivamente, no tenían nada en común. Entonces, ¿por qué le ponía como ninguna otra mujer? ¿Sería sus frasecitas, su determinación o su forma de preocuparse por un perro tan feo como Rico?

–Prefiero un vaso de agua, por favor –contestó.

–No tengo agua mineral.

¡Mujeres de ciudad!

–Del grifo me va bien. El agua de los pozos de tu propiedad se puede beber perfectamente.

Una vez a solas, leyó el contrato y, desgraciadamente, no encontró nada que objetar, así que firmó.

Al instante, sintió un nudo en el estómago. Acababa de comprometerse a trescientos sesenta y cinco días de tortura.

Capítulo Seis

–Vengo a ver qué hay que hacer, jefa.

Brooke percibió el sarcasmo en las palabras de Caleb. Estaba claro que no le había hecho ninguna gracia firmar el contrato el día anterior.

–Tenemos una hora para la primera lección sobre el rancho antes de que venga María, tu ama de llaves.

Brooke cerró la puerta y lo siguió.

–Como dijo una vez Yogi Berra «Si no sabes dónde vas, puede que aparezcas en otro sitio». Me gusta aprender y crecer. Gracias por molestarte en enseñarme.

–Me encantan esas frasecitas, doctora –sonrió Caleb.

Maldito vaquero. Con una mera sonrisita la confundía. ¿Qué le iba a decir? Ah, sí.

–Había pensado en que trabajáramos aquí. Hay más luz.

La luz no tenía nada que ver con su propuesta. Lo cierto era que la oficina se le antojaba demasiado pequeña para compartirla con Caleb.

Antes de conocerlo, lo tenía todo bajo control, sabía quién era y tenía una vida organizada. Una noche con él había sido más que suficiente para que se hubiera cuestionado a sí misma, sus valores y sus habilidades.

Cuanto más pensaba en aquella noche, más se preguntaba si su reacción había sido una coincidencia de un día o volvería a pasar de nuevo si se acostaran otra vez.

Cada vez que se le ocurría aquello, lo apartaba de su mente, pero la idea aparecía una y otra vez en los momentos más inoportunos. Como ahora.

Caleb esperó a que ella se sentara en la butaca para hacer lo propio en el sofá, con las piernas bien separadas y los, ejem, atributos bien a la vista.

Brooke intentó no mirar y no pensar en lo mucho que la excitaba lo que había debajo de aquella bragueta.

–Veo que has estado informándote sobre las casas rurales de la zona –apuntó Caleb señalando un libro.

–Sí –admitió Brooke–. Quería saber un poco cómo funcionan en general y cómo son las que compiten con nosotros directamente en la zona. Me gustaría que tú leyeras algo sobre psicología.

–¿Quieres que me lea tus libros? –preguntó con incredulidad.

–Sí, no suelo forzar a nadie a hacerlo, pero creo que te iría bien. Quiero trabajar según mis métodos y me sería de mucha ayuda que tú estuvieras de acuerdo conmigo y que entendieras lo que hago.

–¿Quieres que vaya por ahí repitiendo tus frasecitas? –se burló Caleb cruzándose de brazos.

–Rodearse de gente positiva y optimista es muy importante para que todo salga bien. Tenemos que trabajar como un equipo o...

–¿O qué?

–O no va a salir bien.

–Saldrá bien siempre y cuando tú te encargues de las cabezas de tus clientes y yo, de que no se rompan nada durante su estancia.

–Caleb, para que esto funcione de verdad el lugar tiene que estar imbuido de mi método. No se trata de unas cuantas frasecitas sino de una forma de vida.

–¿Y cuándo quieres que me ponga en plan psicólogo? ¿Mientras monto a caballo y marco a las reses o mientras arreglo las vallas y doy de comer a los animales?

No se lo estaba poniendo fácil, pero Brooke se las había visto con especímenes peores.

–Solo te pido que aprendas los principios y mantengas la mente abierta.

–Muy bien –contestó sacándose un papel del bolsillo–. ¿Quieres saber todo lo que tenemos que hacer antes de que lleguen los primeros huéspedes o prefieres que antes me lea el capítulo uno de la guía de la perfecta animadora?

Brooke suspiró y abrió su agenda. Iba a costar trabajo convertir a aquel hombre, pero ella nunca se había rendido.

–Llévate los libros a casa y vete leyéndotelos. Estaré encantada de contestar a todas tus preguntas. ¿Cuándo llegan los primeros huéspedes?

No podía ser. Su cita para la inseminación

coincidía justamente con aquella semana. Tendría que llamar a la clínica.

El período fértil era de apenas veinticuatro horas, pero no quería perderse a los primeros huéspedes de la temporada.

–Vamos a tener que trabajar por prioridades. Empecemos con lo más urgente.

Caleb se echó hacia atrás y puso los brazos sobre el respaldo del sofá. Inmediatamente, Brooke recordó que había hecho algo muy parecido aquella noche en la cama y con una sonrisa de lo más pícara le había preguntado «¿Esta vez me vas a atar?»

Al recordar lo que había sucedido a continuación, Brooke sintió un escalofrío por todo el cuerpo y tuvo que hacer un gran esfuerzo para concentrarse en lo que le estaba diciendo Caleb.

–Por las noches, la casa será entera para ti, excepto si hay gente en las habitaciones individuales. Suelen preferir las cabañas, pero nunca se sabe. A Charlie le gustaba tener compañía, así que llenaba la casa hasta arriba.

–¿Y tú dónde vas a dormir?

–En mi casa –contestó Caleb mirándola a los ojos.

–¿No deberías dormir aquí? ¿No hay una cabaña especialmente destinada al director?

–Charlie nunca tuvo director, así que nunca la necesitó.

–¿Y qué pasa si ocurre algo y tú no estás?

Sabía que no debería insistir. Tenerlo cerca por las noches iba a significar no dormir. Recordó el sueño erótico que había tenido la noche anterior y se estremeció.

–No pasará nada que tu capataz, Toby, no sepa arreglar –le aseguró Caleb yendo hacia la ventana–. Brooke, no sería una buena idea que me quedara a dormir aquí.

–¿Te preocupa lo que diga la gente?

–No –contestó mirándola a los ojos.

Brooke comprendió al instante y se le secó la boca.

–Entiendo. Crees que volveríamos a...

–Estoy seguro y, aunque fue maravilloso, no quiero que se repita.

Humillada, Brooke se levantó de la butaca. Aquello de que los hombres la rechazaran por su ineptitud en la cama se había convertido en una costumbre en su vida.

–Gracias por dejármelo claro.

Cuando se disponía a salir de la oficina, Caleb la agarró del brazo.

–Brooke, mi ex mujer era mi vecina, la hermana pequeña de mi mejor amigo. Se ofreció a traerme a casa tras una fiesta porque yo había bebido más de la cuenta y no podía conducir. Al día siguiente, me desperté a su lado en un motel. No recordaba haberme acostado con ella, pero estaba desnudo y ella me juró que me había aprovechado de ella. Tres semanas después, me dijo que estaba embarazada. Acabamos en el altar.

Aquello de que la comparara con una mujer que había mentido para conseguir un hombre era realmente insultante.

–No te he pedido que te cases conmigo, Caleb.

–Lo cierto es que me lié con una vecina y a mi familia le costó una parte de nuestro rancho. No me puedo permitir el lujo de perder nada más, así que prefiero no arriesgarme –le aclaró pasándole el pulgar por los labios–. No te creas que no quiero. La noche que pasamos juntos fue increíble. Saber que te tengo cerca y que no te puedo tocar, sería una tortura.

Brooke sintió que se le encogía el corazón y se le humedecía la entrepierna. Se mojó los labios y se dio cuenta de que Caleb seguía con los ojos los movimientos de su lengua.

Durante unos segundos, ninguno se movió. Luego, Caleb bajó la cabeza y maldijo. En ese momento, llamaron al timbre y se apartó de ella como si le hubiera dado una descarga.

–Debe de ser María –dijo–. Ella te enseñará cómo se lleva la casa y quién hace cada cosa. Ya le abro yo.

Brooke siguió a María por toda la casa y tomó notas, pero tenía la cabeza en otra parte. Había llamado a la clínica para cambiar la cita aquel mes y le habían dicho que era imposible, así que iba a tener que decidir qué le resultaba más importante: un hijo o el negocio.

Al mes siguiente, iba a ovular igual, pero no volvería a tener a los primeros huéspedes de la temporada... ¿Qué debía hacer?

–Desde luego, a Charlie Jr. vergüenza debería

darle no haber cumplido el último deseo de su padre –estaba diciendo el ama de llaves–. Pobre Caleb.

–¿Por qué dice eso? –le preguntó Brooke.

–Porque Charlie y él tenían un trato. Todos lo sabíamos, hasta esa sabandija de hijo que tiene.

–¿Qué trato?

–Caleb lleva años matándose a trabajar en cualquier cosa para ahorrar dinero y poder comprar el Double C cuando Charlie se jubilara, pero Charlie no se jubiló sino que murió y el asqueroso de su hijo sacó el rancho a la venta. Consiguió que usted le pagara más de lo que Caleb y Jack habían acordado con su padre, más dinero de lo que vale, la verdad.

Brooke se tocó la tripa. Necesitaba un antiácido.

–¿Qué tipo de acuerdo habían firmado Caleb y Charlie?

–Ninguno –contestó María–. Tenían un acuerdo de caballeros, un acuerdo verbal y apretón de manos. Suficiente para los de aquí.

Brooke sonrió con amargura.

–¿Y Caleb no habló con un abogado?

–No lo sé. Pregúnteselo a él.

–Lo haré –le aseguró.

Las dudas la asaltaron. Si Caleb tenía un acuerdo verbal con Charlie, ¿por qué la estaba ayudando? ¿Para asegurarse de que su negocio no saliera adelante para hacerse él con el rancho?

No se lo podía creer, pero cosas peores había visto.

–Tengo que ir a hacer compra –anunció María.

–Gracias –dijo Brooke–. Por cierto, si ve a Caleb, ¿le importaría decirle que quiero hablar con él?

El ama de llaves tomó la lista que Brooke había hecho y se fue.

Si María tenía razón y Caleb tenía derechos antes que ella sobre aquella tierra, iba a tener que rectificar la situación, pero decidió hacerlo cuando el negocio ya estuviera en marcha y dando beneficios.

Cuando llegó a casa de Brooke, Caleb se la encontró sentada en una mecedora en el porche disfrutando del atardecer.

Para no cometer ninguna tontería, como antes que había estado a punto de besarla, no subió las escaleras.

–¿Querías verme?

–¿Has hablado con un abogado sobre tu acuerdo con Charlie?

Caleb suspiró y comprendió que María se lo había contado.

–Sí. Me dijo que con un contrato verbal no podríamos ganar a Junior en los tribunales. Está casado con mi ex, ¿sabes?, y no le caigo muy bien.

–¿Por qué me estás ayudando si mi fracaso supone tu éxito?

Caleb se encogió de hombros.

–Porque es lo correcto.

–¿Cómo puedo estar segura de que no me vas a sabotear?

Caleb tomó aire despacio e intentó no enfadarse. Brooke no lo conocía lo suficiente como para darse cuenta de que lo acababa de insultar.

–Te he dado mi palabra y te he firmado un contrato.

–Por la experiencia que tengo, la gente no suele ayudar a sus enemigos.

–Tú no eres mi enemiga, Brooke –dijo Caleb masajeándose la nuca–. Nada de esto es culpa tuya sino mía por no haber hecho las cosas con Charlie por escrito.

–Aun así...

–Ganar con trampas no es ganar –le gritó.

Brooke se levantó y fue hacia él.

–¿Lo dices en serio?

–Completamente.

Brooke lo miró a los ojos y sonrió.

–Caleb Lander, eres todo un caballero –dijo besándolo.

En lugar de apartarla, Caleb le acarició el pelo y la besó con pasión. Brooke emitió aquel sonido que lo excitaba tanto y bajó un escalón. Él subió otro y se encontraron en el medio, ombligo con ombligo y pecho con pecho.

Caleb notó que se le caía el sombrero, pero Brooke le enredó un pie en la pierna y los dos se fueron al suelo. Notó sus pechos en el torso y se apretó contra ella haciéndola jadear.

El deseo era tan fuerte entre ellos que parecía un tornado. Caleb solo podía pensar en meterse en su cuerpo y aliviarse aquel dolor en la entrepierna que ella le provocaba.

Se encontró chupándole un pezón a través de la blusa y se dio cuenta de que tenían que parar.

–Brooke, tenemos que dejarlo –dijo con pesar.

Brooke se tensó, se sentó en el suelo y se sonrojó.

–Lo siento –se disculpó poniéndose en pie–. No sé en qué estaba pensando. Gracias por pararme. Una jefa no debería...

–Ha sido porque no tengo preservativos.

–Ah... Eh... Yo tampoco.

–Acostarnos no es una buena idea, pero arriesgarse a encontrarnos con un embarazo no deseado sería una estupidez –apuntó Caleb buscando su sombrero.

–Sobre todo cuando tengo cita para quedarme embarazada el mes que viene.

–¿Cómo has dicho? –dijo Caleb impresionado.

Brooke lo miró con los ojos muy abiertos y se tapó la boca.

–Nada.

–Has dicho que te vas a quedar embarazada el mes que viene... ¿Tu novio sabe que lo engañas?

–No tengo novio –le aseguró Brooke–. Por favor, vamos a dejar el tema.

–¿Casi me arrancas la camisa hace unos segundos y quieres que lo dejemos?

–Es un tema personal –contestó ella avergonzada e indignada–, pero supongo que te vas a enterar tarde o temprano, así que... La cita que tenía aquella mañana en Dallas era en una clínica de inseminación artificial. Ya sabes por qué no llegué. Tenía cita para este mes, pero justo coincide con la semana de apertura.

–¿Te van a inseminar? ¿Como a una vaquilla?

–Sí –contestó Brooke haciendo una mueca.

–¿Y de quién es el niño?

–Mío. Los espermatozoides son de un donante anónimo.

Caleb no se podía creer lo que estaba oyendo.

–¿Vas a tener un hijo de un hombre al que no conoces?

–He leído sus datos. Es un donante perfecto –le dijo enfadada.

–Es una broma, ¿verdad? –rio Caleb.

Brooke no se rio.

–Es broma, ¿no? –insistió sintiendo acidez en el estómago al ver que no le contestaba.

Brooke se sentó en el primer escalón y dejó caer la cabeza entre las manos.

–Caleb, quiero tener hijos. Tengo treinta y cinco años y estoy cansada de buscar al hombre perfecto. No lo encuentro.

–¿Y por eso lo buscas en un tubo de ensayo?

–No espero que me entiendas. Por lo que he visto, te llevas bien con tu familia, pero yo... no. Quiero que haya alguien esperándome en casa cuando vuelva por las noches, alguien con quien compartir los buenos y los malos momentos. No me queda mucho tiempo, así que lo voy a intentar todo, incluso la inseminación artificial el mes que viene.

–Tienes treinta y cinco años, no cincuenta y cinco.

–Tengo una edad más que avanzada para tener varios hijos. Genéticamente, no voy bien tampoco porque mi madre tuvo la menopausia a los cuarenta. Cada vez, tengo menos posibilidades...

–¿Y por qué no intentaste engañarme y quedarte embarazada de mí?

–Porque quiero un padre ambicioso, con estudios y con objetivos en la vida.

–¿Y qué te hace pensar que yo no lo soy? –preguntó Caleb insultado.

Brooke sonrió y lo miró.

–Que tú eres feliz aquí haciendo lo que has hecho siempre. No entiendo por qué no quieres algo más.

–Aquí tengo todo lo que necesito. Bueno, más bien, lo tendré cuando consiga hacerme con el Double C.

La mirada de compasión que Brooke le dedicó lo enfadó.

–Te estás perdiendo muchas cosas, Caleb.

–¿Qué os pasa a las mujeres? Os creéis que la felicidad está por ahí, pero no es así. Está aquí mismo –le aseguró–. El Santo Grial no existe, Brooke.

–Creo que te equivocas. De hecho, me gano la vida enseñando a la gente a sacar el potencial que llevan dentro. Todos podemos hacer realidad nuestros sueños.

–¿Y qué hay de mal en sentirse satisfecho con la vida que uno lleva? –le espetó.

–Como dice un antiguo proverbio chino «No hay que temer ir despacio sino no ir a ninguna parte».

–¿Y tú crees que yo no voy a ninguna parte porque he elegido quedarme en mi rancho?

–Yo no he dicho eso –contestó Brooke mordiéndose los labios.

Era obvio que era lo que pensaba y aquello le dolió.

–Espero no tener que preocuparme en el futuro porque vuelvas a intentar sacar de mí otra cosa –se burló.

–Por supuesto que no –le aseguró Brooke ruborizándose–. Eres mi empleado y jamás…

–A ver si te enteras de que lo hiciste aquella noche en el motel y lo habrías vuelto a hacer aquí mismo si no te hubiera parado –la interrumpió Caleb.

Brooke abrió la boca, pero no dijo nada. Se había quedado sin palabras.

–Tu empleado se va –anunció Caleb alejándose.

Nada como un buen golpe en todo el ego de un hombre para acabar bien el día. No era que quisiera que Brooke tuviera hijos suyos, claro que no, pero eso de que lo consideraran a uno un fracaso era muy bonito.

Capítulo Siete

¿Considerar a Caleb un posible donante? Aquella idea era ridícula.

Entonces, ¿por qué no se reía?

Para Brooke, la vida tenía que avanzar día a día, no se podía parar, había que hacer avances para conseguir los objetivos que cada uno se hubiera propuesto.

Para Caleb, sin embargo, el objetivo en la vida era no hacer grandes cambios, quedarse prácticamente como estaba, pero con el Double C.

Jamás se había encontrado siendo un obstáculo para alguien y no era una situación cómoda.

Se tomó otro antiácido con un té de hierbas y se sentó en la mecedora. A su lado, Rico dejó que lo acariciara y la miró con sus ojos de colores diferentes.

Progresar. Le resultaba muy fácil decírselo a los demás, pero no tanto hacerlo en su vida privada.

Tenía la agenda abierta sobre la mesa y había escrito *Siempre que te sea posible, disfruta de tu trabajo tanto como disfrutas de tu tiempo libre.*

Desde el porche, veía a Caleb ocupándose de los caballos. Se había llevado a un grupo de adolescentes de otros ranchos para que lo ayudaran y estaban pasando todos un buen rato.

Ella no quería acercarse porque no estaba familiarizada con los caballos y porque, para qué engañarse, no quería estar demasiado tiempo con Caleb.

No quería nada con un vaquero que no quería progresar en la vida, pero no podía parar de pensar en él.

Se sorprendió haciendo dos listas, una con los aspectos positivos y otra con los negativos sobre Caleb.

Carece de ambición, no tiene estudios superiores, no ha viajado mucho, habría que pulirlo, a mis padres no les haría gracia, sería como suicidarse profesionalmente, mis rivales podrían aprovechar que me relacionara con un vaquero.

Además, me hace perder el control.

Nerviosa, pasó a las cosas positivas.

Tiene sentido del humor, le gusta la familia, es amable, considerado, bueno, se lleva bien con la gente, sobre todo con los niños.

Me hace sentir como una mujer de verdad.

Cerró la agenda. ¿Por qué no se había limitado a escribir sus rasgos físicos? Al fin y al cabo, todo lo demás no tenía importancia a la hora de elegir a un donante anónimo.

Su donante no tenía ojos de color café de una profundidad infinita ni un pelo castaño levemente ondulado. Suspiró y se preguntó si la falta de concentración se debería a la revolución en la que estaban sumidas sus hormonas. Le tocaba ovular a finales de semana y no paraba de pensar en el sexo.

Se masajeó las sienes con los ojos cerrados,

pero el ladrido de Rico la alertó. Abrió los ojos y se encontró con que Caleb se acercaba. Al instante, sintió que todo el cuerpo se ponía alerta.

–Ensilla –le dijo subiendo los escalones de dos en dos.

–¿Cómo?

–Ya te has escondido demasiado tiempo. Tus huéspedes van a llegar en pocos días y no tienes ni idea de lo que hay más allá de la casa. No puedes venderles las actividades del rancho si no las has probado.

Caleb tenía parte de razón, pero Brooke había leído los folletos de Charlie y, sinceramente, dudaba que sus clientes, ejecutivos de grandes empresas, estuvieran interesados en dormir bajo las estrellas o en pescar y asar el pescado en fuegos de campamento.

–No creo que sea necesario que aprenda a pescar y, para tu información, no me he estado escondiendo. Estaba trabajando en mi nuevo libro –mintió.

–Lo último que hubiera pensado de ti habría sido que eres una gallina –apuntó Caleb apoyándose en la barandilla del porche.

–¿Cómo has dicho? –dijo Brooke poniéndose en pie.

–Te da miedo que se te meta algo en el saco de dormir, ¿eh? –sonrió derritiéndola.

«Más bien, alguien», pensó Brooke.

–De eso nada –contestó.

–A ver si es verdad –la retó.

–Pareces un adolescente.

–¿Te parece de adolescente querer que sepas

exactamente qué les estás vendiendo a los clientes?

Brooke tuvo que admitirse a sí misma que tenía razón. Sus ejecutivos iban a pagar unas tarifas bien altas por el alojamiento, el curso y la estancia.

–¿Has ido alguna vez de acampada?

–Sí, pero hace muchos años…

–No te pintes ni te vistas de ciudad y todo irá bien –le aconsejó Caleb.

Brooke se miró los preciosos vaqueros color melón con camiseta a juego que se había comprado en la misma tienda de San Antonio que el sombrero lila.

–¿Por qué dices eso?

–Porque sueles ir vestida de colores claros y esa ropa se mancha con facilidad –contestó Caleb–. Nos vamos en una hora –concluyó alejándose sin que a Brooke le diera tiempo de inventarse una excusa para no ir.

Así que no tuvo más remedio que meterse en casa para cambiarse. En el camino, se encontró con María, que le llevaba el teléfono inalámbrico.

–Es para usted, su abogado.

–Gracias. ¿Phil?

–Brooke, hola, me temo que tengo malas noticias. Nuestro amigo ha hecho otro programa de radio.

¿Podría tomarse otro antiácido o había alcanzado ya el número máximo para un día?

–¿Y qué ha dicho esta vez?

–Más o menos lo mismo de siempre, que predicas sobre cómo tenerlo todo y tú no tienes nada. ¿Quieres que le demandemos?

–No creo que tengamos base legal, ¿no?

–Desgraciadamente, no... Pero su mujer podría enterarse de esa jovencita con la que sale...

–No, Phil, no quiero jugar sucio. Eso solo haría daño a su familia.

–Muy bien, como quieras.

–No te preocupes, lo tengo todo bajo control. Las cosas van a cambiar.

–Eso espero porque, de lo contrario, me temo que las ventas de tu próximo libro se van a resentir.

–Espero que no lleguemos a eso –suspiró Brooke recordando las palabras de Caleb.

«Ganar con trampas no es ganar».

Caleb vio cómo Brooke bajaba el rifle y se preguntó por qué se sorprendía de que supiera disparar. Aquella mujer se atrevía con todo.

–Has dado a dos. No está mal para una chica de ciudad.

–En el curso de seguridad, no nos enseñaron a disparar a blancos en movimiento –contestó Brooke.

Era delicada, segura de sí misma y muy capaz. ¿A quién no le iba a gustar una mujer así?

–¿Y ahora qué? –preguntó.

–A los clientes les suele gustar dar un paseo a caballo por la noche, pero eso nos lo vamos a saltar.

–Tendríamos que haber traído a Rico.

–No te preocupes. Patrick le dará de cenar –la tranquilizó Caleb mirándola a la luz del atardecer.

Estaba guapísima, pero era su jefa y debía dejar de recordarla desnuda. Brooke era una mujer interesante, dura como un hombre, como le había demostrado aquella tarde probando todo lo que le había puesto por delante, y tierna y delicada a la vez.

Lo único que le faltaba era dejarse llevar un poco. Caleb nunca había conocido a nadie tan pendiente de todo. No le extrañaba que no parara de tomar antiácidos.

Mientras no se dejara llevar él, cuando se fuera no la echaría de menos... demasiado. Además, su partida significaría que su familia había recuperado el rancho entero.

–Tendríamos que haber traído una tienda de campaña –dijo en ese momento.

–Si duermes en una tienda, no ves las estrellas –objetó Caleb.

Además de que era cierto que la mayoría de los clientes prefería dormir sin tienda, no había querido arriesgarse a tener que dormir con ella en un espacio tan reducido.

A juzgar por el olor, las patatas que habían puesto al fuego ya estaban listas, así que se agachó a retirarlas y a colocar la barbacoa sobre las piedras.

Brooke se puso en cuclillas a su lado para calentarse las manos porque, aunque estaban en septiembre, hacía una noche fresca.

–Me has dicho esta tarde que habías ido de acampada. Supongo que habrá sido de pequeña, ¿no? –le preguntó Caleb colocando los chuletones.

–Sí, pero solo una semana en verano desde los diez a los doce años.

–¿Por qué lo dejaste? ¿No te gustaba?

–Me encantaba, pero tenía que empezar a preocuparme por el futuro. Empecé a trabajar –contestó.

–¿En qué?

–De paje en el congreso y los viernes, con un juez.

–Muy serio, ¿no?

¿De qué se sorprendía? Desde luego, no la veía cuidando niños ni cortando el césped del vecino.

–Tenía que estar a la altura de mis hermanos mayores, que eran muy competitivos. Robert es uno de los analistas de Bolsa más cotizados de Wall Street y Kathleen es una estupenda cirujana. Son el orgullo de nuestros padres.

–¿Y de ti?

Brooke se encogió de hombros.

–Mi trabajo no es tan importante.

–¿Lo cambiarías por el suyo?

–No –contestó Brooke sin dudarlo un instante–. Los dos trabajan todo el día y no tienen tiempo de estar con sus familias.

–Y, aun así, consideran que les va mejor en la vida que a ti.

Brooke frunció el ceño y miró las llamas.

–Supongo que sí.

–Mi hermano Brand tenía el trabajo que todos los hombres querían tener. Era campeón de rodeo, lo que significa mucho dinero y muchas mujeres. Sin embargo, a mí nunca se me pasó por la cabeza seguir sus pasos porque había que estar casi todo el año fuera de casa y yo no quiero ese tipo de vida.

Brooke se quedó en silencio unos segundos.

–Me dijiste que te habías casado porque tu mujer se había quedado embarazada. ¿Dónde está tu hijo? ¿Te quitó la custodia?

A Caleb, que estaba dándole la vuelta a la carne, estuvo a punto de caérsele el chuletón al suelo, pero supuso que, tarde o temprano, se enteraría.

–Me mintió –contestó–. No estaba embarazada. Ni siquiera nos habíamos acostado. Se lo inventó todo, pero, para cuando me di cuenta, ya estábamos casados.

–Dios mío, lo siento mucho.

–Yo, también. No la echo de menos en absoluto, ¿sabes?, pero su hermano era mi mejor amigo y me retiró la palabra cuando Amanda le contó que había abusado de ella. A él sí que lo echo de menos. Se llama Whitt y, hasta entonces, fue como otro hermano para mí.

–¿Y qué pasó cuando le contaste la verdad?

–Nunca se la conté porque, cuando me percaté de todo el engaño, ya me había acostado con ella. Al fin y al cabo, era mi mujer, así que pensé que teníamos que intentar que las cosas nos fueran bien –contestó revolviendo las judías con tomate–. Si la noche va a ir de responder a preguntas difíciles, me vas a tener que contar qué haces buscando al señor Perfecto.

Brooke puso cara de no hacerle mucha gracia la pregunta, pero contestó.

–He tenido tres relaciones y las tres han terminado mal.

–¿Los has dejado a los tres?

Caleb estaba convencido de que había sido ella siempre quien había terminado con las relaciones. Estaba claro que ningún hombre en su sano juicio dejaría ir a una mujer como ella. ¿Y él por qué lo había hecho? ¿Se estaba volviendo loco?

–El primer hombre con el que me acosté fue uno de mis profesores en la universidad. Me ayudó a publicar mi primer libro y acabó acostándose con mi compañera de habitación. Se acabó la relación. El segundo fue mi publicista. Me di cuenta de que le interesaba más mi dinero que yo, pero eso fue tras prometernos y haber abierto una cuenta bancaria juntos. Se acabó la relación.

Se levantó y dio un par de vueltas alrededor del fuego.

–Ya te dije que quería tener hijos y también sabes que no me queda mucho tiempo. Había elegido mal dos veces, así que decidí seguir los consejos de mi padre. Mi último novio ha sido el protegido de mi padre. Por desgracia, William solo quería sumar puntos ante su mentor. El mismo día que me lo encontré en la cama con su novio, lo dejé. Era homosexual. Fin de la tercera relación –suspiró–. Supongo que se podría decir que no tengo mucho gusto a la hora de elegir a los hombres.

–Eh –protestó Caleb.

Brooke se encogió de hombros.

–Lo digo también por ti. No me convienes en absoluto, pero no puedo parar de desearte.

A Caleb se le cayó el chuletón al suelo, pero no le importó.

–¿Cómo has dicho?

–Ya sé que es una locura, pero no paro de pensar en aquella noche... –dijo mordiéndose el labio inferior–. Nunca había disfrutado tanto del sexo como contigo –continuó tras tomar aire–. Incluso había llegado a creer que mis otros novios se habían ido con otras porque yo era frígida, pero, después de haber estado contigo, no sé qué creer. ¿Lo de la otra noche habría sido solo una casualidad?

Caleb no podía creer lo que estaba oyendo. Sintió furia contra los idiotas que habían pasado por su cama.

–Claro que no –le aseguró–. Eres una mujer de lo más ardiente y... –se interrumpió y apretó los puños.

El calor que sentía en la ingle reclamaba su atención, así que se apartó de la hoguera.

–Cena y métete en el saco –dijo–. Voy a ver a los caballos.

Ya había ido a ver a los caballos y ambos lo sabían.

–Caleb –dijo Brooke tocándole el hombro–, demuéstrame que no soy un fracaso como mujer.

–Eres mi jefa –le recordó.

–Sí, pero hagas lo que hagas, nuestra relación profesional no se va a ver afectada, te lo prometo.

Caleb no podía hablar, no podía moverse. La deseaba tanto...

–No pasa nada –dijo Brooke retirando la

mano–. Sé que soy demasiado exigente y que tardo mucho en excitarme...

–Brooke, tienes muy claro lo que te excita y no dudas en pedirlo. No te disculpes por ello, pero...

No quería que creyera que quería acostarse con ella por interés, no quería que lo tomara por otro canalla.

Brooke le tomó la mano y se la llevó a los labios.

–Odio la palabra «pero» –le dijo–. Las palabras negativas conducen a acciones negativas.

¿Por qué le parecían tan eróticas aquellas frasecitas?

–Tienes razón, pero no creo que sea buena idea.

Brooke sacó la lengua y le chupó un dedo. Caleb sintió que le flaqueaban las piernas.

–La última vez dijimos lo mismo. No te pido nada duradero. Solo quiero saber si aquella noche fue una aberración.

Caleb respiraba con dificultad. La agarró de la cintura para apartarla de él y que no notara el abultamiento de su bragueta.

–La cena –protestó.

–Tengo hambre, pero no me apetece un chuletón –contestó Brooke sonriendo de manera sensual.

Caleb ya no podía más. Brooke le estaba ofreciendo sexo sin ataduras. Nada de boda. La gloria.

–¿Una noche, una semana o todo el año?

–Mientras nos apetezca.

–¿Lo tenemos que firmar?

–No –rio Brooke.

Caleb gimió y cedió. Sus bocas se encontraron con fuerza y su beso le supo a desesperación. Brooke le abrió la camisa de un tirón y paseó su lengua por su torso desnudo.

Caleb sentía que le quemaba la piel, la tomó del pelo y la volvió a besar en la boca mientras la sentía desabrocharle el cinturón, le sacó la camisa y lo tomó de las nalgas. Estaba yendo demasiado deprisa, así que la agarró en brazos y la llevó al saco de dormir.

Se arrodilló a su lado y le agarró las muñecas por encima de la cabeza.

–¿Qué está pasando aquí?

Brooke cerró los ojos con fuerza.

–Nunca se debe acabar un día mal. He tenido un día horrible y quería terminarlo bien.

–O sea que soy como una especie de compensación, ¿eh?

–Sí. ¿Soy mala persona por ello? –dijo Brooke con cierta tristeza.

–No, eres una persona muy sincera, pero te advierto que vas muy rápido y que a mí me gusta dar servicios de cinco estrellas.

Brooke sonrió encantada.

–Me gustaría comprobarlo.

Caleb le tomó las muñecas con una sola mano y la otra la deslizó bajo la cinturilla de sus braguitas haciéndola gemir.

–Tienes que comprender que el Double C es un rancho diferente porque aquí todo se cuida al detalle –dijo Caleb levantándole la blusa y dibujando una estela de saliva por su tripa.

Al llegar a sus pechos, observó sus pezones rosados y erectos y sintió una punzada en la entrepierna.

Brooke intentó soltarse las manos, pero Caleb no se lo permitió. Estaba demasiado excitado como para permitir que lo tocara. Sabía por experiencia de lo que eran capaces aquellas manos.

–Nunca había hecho el amor al aire libre –gimió Brooke.

–Encantado de compartir la experiencia contigo –sonrió Caleb–. No te muevas –le indicó quitándole las botas, los calcetines, los vaqueros y las braguitas.

Estaba húmeda y quería más, pero no se lo permitió. Se apresuró a desnudarse y a colocarse un preservativo.

–¿Tenías pensado acostarte conmigo? –le preguntó Brooke.

–Yo siempre estoy pensando en acostarme contigo –confesó Caleb.

–Ven aquí –le dijo ella abriendo los brazos.

Caleb se arrodilló entre sus piernas y comenzó a besarle los pies, las pantorrillas, los muslos... Se moría por zambullirse dentro de su cuerpo, pero antes quería que a Brooke no le quedaran dudas de sus habilidades como amante.

La tocó en círculos en su zona más sensible y la hizo retorcerse y gemir de placer. No contento, hizo lo mismo con la boca.

–¿Sigues creyendo que lo de la otra noche fue una casualidad? –le preguntó jadeando tras haberla puesto varias veces al límite.

–Todavía no estoy segura –bromeó Brooke.

–Bruja –rio Caleb abrazándola–. O sea que voy a tener que seguir trabajándomelo, ¿eh?

–Sí, por favor...

Incapaz de aguantar más, se adentró en su cuerpo. El calor era tal que Caleb sintió que se derretía. Le quería dar tanto placer que le parecía que no se estaba moviendo suficientemente deprisa, pero las uñas de Brooke clavadas en los hombros le hicieron comprender, junto con el grito de su nombre, que no era así.

Sintió los músculos de su interior haciendo presión sobre su miembro y no pudo aguantar más, así que se dejó ir entre escalofríos de placer. Cayó sobre ella y, tras unos segundos, se colocó a su lado.

Tenía la respiración acelerada y el corazón como si hubiera corrido un maratón. No podía hablar ni pensar. Hacer el amor con Brooke era adictivo y, además, sin ataduras. Aquello era un regalo del cielo.

Brooke se hizo un ovillo a su costado y jugueteó con el vello de su pecho. Sexualmente, era una mujer normal. Caleb le había enseñado que ella no tenía la culpa de que sus anteriores relaciones hubieran fracasado. Caleb siempre estaba ahí para todo el mundo, regalando amabilidad.

Entonces, lo vio claro.

–Caleb...

–Dime.

–¿Te importaría ser el padre de mi hijo?

Capítulo Ocho

Caleb se tensó y Brooke suspiró decepcionada.

–Escúchame, por favor –le pidió poniéndole un dedo sobre los labios.

Caleb se apartó, se puso en pie y se enfundó los vaqueros.

–Caleb… –dijo Brooke temblando ante su reacción.

No esperaba que se pusiera a brincar de alegría, pero creía que, al menos, la iba a escuchar.

–Ni por asomo.

–Recuerda que yo tengo algo que tú quieres.

–Es maravilloso el sexo que tenemos, pero no merece la pena si el precio es lo que me pides –protestó.

–No me refería a eso. Tengo la tierra que tú quieres. Te doy el rancho si tú me das un hijo.

–¿Cómo has dicho?

–Me quedaría con la casa y con unos acres, suficiente para la casa de reposo, pero te daría los pastos a cambio de tu… contribución.

–¿Y qué pasa con tu donante perfecto? –le espetó Caleb con sarcasmo.

Sí, eso, ¿qué había pasado con él? No sabía si la paciencia, la generosidad y la consideración se heredaban, pero, desde luego, quería que su hijo tuviera aquellas tres cualidades y la ficha de su donante no decía nada al respecto.

–No es más que datos y números. Podría ser todo mentira. Tú, sin embargo, estás aquí, eres de carne y hueso y eres un ejemplar sano.

–Un ejemplar... –musitó poniéndose las botas con movimientos airados–. No.

Aquello no iba bien, pero Brooke nunca se había rendido con facilidad.

–¿Por qué no?

–Porque no soy un semental –contestó Caleb mirándola con los ojos entornados–. Olvídalo.

–Sé razonable. Necesitas las tierras.

–No estoy a la venta –le dijo haciendo pausas entre las palabras–. Vístete. Nos volvemos a casa –añadió apagando el fuego y yendo hacia los caballos.

Brooke se vistió a regañadientes. Lo había ofendido. No había sido su intención. En realidad, debería sentirse halagado de que lo considerara apto para ser el padre de su hijo.

Era cierto que no había ido a la universidad, pero era un hombre inteligente. No era rubio, pero, ¿y qué? Los morenos eran más interesantes y seguro que sus hijos eran más guapos.

Sintió que se le encogía el corazón al imaginarse un bebé de mejillas sonrosadas, pelo oscuro y ojos negros.

Su falta de ambición siempre sería un problema, pero no era el momento de preocuparse por eso. Ya se encargaría ella de enseñar a su hijo a ser ambicioso, a querer mejorar. Al fin y al cabo, se ganaba la vida así y se le daba muy bien.

Recogió el saco de dormir y las demás cosas y lo esperó en la furgoneta mientras Caleb subía los caballos al remolque.

–Caleb... –le dijo cuando se reunió con ella.

–No. Estoy muy enfadado y no tengo nada bonito que decirte –la interrumpió poniendo el vehículo en marcha.

El trayecto de vuelta transcurrió en un silencio tenso e incómodo. Brooke tenía la sensación de que le había decepcionado de alguna manera. Al llegar a su casa, paró en seco sin apagar el motor.

–Por favor, piénsalo –le dijo antes de irse.

–No hay nada que pensar –contestó Caleb–. ¿Por quién me has tomado? ¿Te crees que sería capaz de tener un hijo y abandonarlo?

–No sería así.

–¿Me estás pidiendo que me case contigo? –se burló.

–Claro que no, pero la inseminación artificial es un método muy empleado hoy en día. Muchas mujeres solteras y trabajadoras recurren a ella.

–No cuentes conmigo –contestó apretando el volante con fuerza–. Mi madre nos abandonó cuando mi hermano pequeño tenía dos años. Sé lo duro que es tener una familia rota. ¿Tú sabes lo que es eso?

–Lo siento –dijo Brooke mordiéndose el labio inferior–. Mis padres no me han apoyado como a mí me habría gustado, pero siempre han estado ahí. Caleb, lo he pensado bien. Sé que podría ser una buen madre.

–Buenas noches –le dijo.

Brooke suspiró y bajó de la furgoneta.

Le había dado algo en lo que pensar. Debía darle tiempo. Mientras tanto, debía pensar en más argumentos a su favor. Caleb parecía de esos hombres que acababan entrando en razón.

Patrick salió al encuentro de Caleb en cuanto vio aparecer al furgoneta de su hermano.

–Te he buscado por todas partes –dijo preocupado.

Al verlo así, Caleb se olvidó de Brooke. Al fin y al cabo, era como todas las mujeres de su vida. Solo quería algo de él. En cuanto lo tuviera, se iría.

–¿Qué ocurre?

–Brand ha llamado hace un par de horas. Toni y él están en el hospital. Las gemelas están a punto de nacer.

¿Por qué todo el mundo quería tener hijos?

–Venga, vamos, quita el remolque y vámonos. Papá ya se ha ido.

–¿Qué prisa tienes? –dijo Caleb sacando a su yegua del remolque mientras su hermano se ocupaba del otro caballo.

–Lo único que nos ha pedido Brand es que estemos allí con él. No es mucho y quiero hacerlo. Creo que está asustado.

Caleb se rio.

–Venga ya. Brand se gana la vida montando

toros. No creo que vaya a tener miedo de un par de bebés.

–Está preocupado por Toni. Las últimas dos semanas no ha estado muy bien –contestó Patrick subiendo a la furgoneta–. Te has ido con Brooke a dar un paseo bajo las estrellas y vuelves antes de medianoche. ¿Qué has hecho para estropearlo?

–Nada –contestó Caleb poniendo el vehículo en marcha.

–¿Ya no lo haces tan bien? –bromeó su hermano.

–¿Quieres ir andando? –le espetó Caleb.

–¿Te ha dado calabazas? –se rio Patrick.

–¡No! –exclamó Caleb preguntándose cuánto tiempo tardaría Brooke en encontrar a otro hombre que sí quisiera darle un hijo.

¿Y por qué le importaba tanto?

–¿Cuánto tiempo le das?

–¿Cómo?

–¿Cuánto tiempo crees que tardará en cansarse de vivir en mitad de la nada y cerrará la casa de reposo?

Lo que preocupaba a Brooke era cuánto tiempo tardaría en decidir que quería educar a su hijo lejos de allí.

–No lo sé –contestó sinceramente.

Brooke tenía más agallas de lo que parecía y era imposible saber lo que se le estaba pasando por la cabeza. No había más que pararse a pensar de dónde se había sacado semejante propuesta.

–Espero que no se case y tenga hijos por aquí.

Si no se vuelve a California, jamás recuperarás el Double C.

Caleb sintió que le dolía el estómago. El heredero de Charlie le había jugado una buena pasada. Si Brooke conseguía quedarse embarazada recurriendo a la inseminación artificial, otro heredero lo dejaría fuera de juego. Y no quería ni pensar en la posibilidad de que decidiera recurrir a alguno de sus ex novios.

Caleb llamó a la puerta y esperó.

–Adelante –dijo Brand.

Caleb abrió la puerta y se paró en seco.

Su hermano tenía a una niña en los brazos y su mujer, a otra. No había sido por eso por lo que Caleb se había parado sino por la emoción que había visto en la cara de Brand.

Estaba pletórico.

–¿Todo el mundo bien? –preguntó.

–No podríamos estar mejor –sonrió Brand.

–¿Me dejas verla? –preguntó Patrick.

–Claro, te presento a Marissa –contestó Brand acercándole a la pequeña que tenía en brazos–. Es la mayor por diez minutos. ¿Quieres agarrarla en brazos?

–Caleb me ha dicho que él quería ser el primero.

Caleb miró a su hermano pequeño y sintió ganas de estrangularlo, pero no tuvo más remedio que tomar a su sobrina en brazos.

Hacía muchos años que no tenía a un niño

tan pequeño tan cerca, desde que había nacido su hermano Cort.

Su sobrina pesaba muy poquito y tenía miedo de que se le cayera al suelo. Se sentó en una butaca junto a la ventana porque le temblaban las piernas. La pequeña, con la manta y todo, no era más grande que su antebrazo.

La niña lo miró con sus ojos azules de lactante y Caleb le ofreció un dedo instintivamente. Marissa lo agarró con fuerza y su tío sintió que se le encogía el corazón.

Brooke quería un hijo. Un hijo suyo. Él se había negado a dárselo, así que, ¿a quién recurriría?

Miró a su cuñada y se preguntó si Brooke estaría tan feliz tras dar a luz. ¿Lo miraría a él con el mismo amor con el que Toni miraba a Brand?

«Eh, eh, un momento. Hay que frenar. Entre Brooke y yo no hay amor», se dijo.

Estaba dispuesta a darle sus tierras si él le daba un hijo. Era su oportunidad para reagrupar el Crooke Creek. ¿Estaba dispuesto a pagar el precio que le pedía?

No se veía capaz de concebir un hijo y no ocuparse de él, pero, por otra parte, le debía a su familia el recuperar el rancho.

¿Podría encontrar la forma de hacer que la loca idea de Brooke lo beneficiara? ¿Podría encontrar la manera de evitar que se fuera con el niño a California?

–¿Qué trato hicisteis Toni y tú? –le preguntó a su hermano sin más preámbulo.

–¿A qué te refieres?

–A cómo hiciste para que Toni no se marchara con las niñas.

Brand y Toni se miraron. Aunque nunca le habían contado los detalles, Caleb sabía que su relación había pasado por momentos duros antes de conseguir ponerla en marcha porque Toni se había quedado embarazada antes de casarse.

–Hicimos un contrato privado antes de casarnos –contestó Toni–. Yo puse la tierra y Brand, el dinero.

–¿Algo más?

Brand asintió.

–Tenemos una cláusula en la que queda muy claro que, si uno de los dos abandona el rancho, el otro se queda con la custodia de las niñas. Ahora sabemos que eso no va a suceder, pero entonces, las cosas eran diferentes.

–Muy bien. ¿Papá sigue por aquí? –preguntó Caleb.

–Sí, está buscando la máquina de los sándwiches.

–Que se lleve a Patrick, entonces. Yo me tengo que ir –dijo pasándole la niña a su sorprendido hermano pequeño.

–Espera –le dijo Brand alcanzándolo en el pasillo–. ¿Qué pasa?

–He encontrado la manera de recuperar la otra mitad del rancho.

–Patrick me ha dicho que la ha comprado una mujer. Si necesitas dinero...

–No quiere mi dinero, sino... –miró a Toni–. Quiere que le dé un hijo.

–Caleb, Toni es lo mejor que me ha pasado en la vida, pero podría haber salido fatal. Piénsalo bien.

–De acuerdo –dijo Caleb yendo hacia el ascensor.

–¡Y búscate un buen abogado! –le gritó su hermano.

Brooke estaba dormida cuando llamaron a su puerta de forma insistente. Miró el reloj y gimió. Le había costado muchas horas de dar vueltas en la cama quedarse dormida.

Se puso la bata y fue a abrir.

–¿Quién es?

–Caleb, abre.

Brooke sintió que el corazón le daba un vuelco, encendió la luz del porche y abrió.

–Pasa –le dijo viendo que iba igual vestido que cuando la había dejado en casa.

Caleb fue directamente al salón y se puso a mirar por su ventana preferida.

–Caleb, son las cuatro y media de la mañana –le recordó Brooke.

–Muy bien, lo haré –le dijo.

Brooke se pasó las manos por el pelo. No podía ser.

–Pero solo si lo ponemos todo muy claro por escrito. Y te advierto que quiero la custodia del niño si te vas.

–No, quiero decir sí. A ver, sí a ponerlo todo por escrito con un abogado, pero no darte la custodia. ¿Crees que estaría pasando por todo esto para tener un hijo y luego darlo como si tal cosa?

–¿Eso quiere decir que tienes pensado irte?

–No, pero nadie puede predecir el futuro, Caleb.

–Entonces, quiero custodia compartida.

–¿Es negociable?

–No –contestó Caleb con decisión–. Y hay otra cosa.

–¿Sí?

–No quiero que sea con inseminación artificial. Quiero que sea de forma natural.

A Brooke se le heló la sangre en las venas.

–Muy bien –contestó mareada ante la perspectiva de volver a hacer el amor con él.

–¿Cuántos intentos?

–No es probable que me quede embarazada la primera vez. ¿Estarías de acuerdo en intentarlo durante un año? Lo digo por poner el mismo tiempo que en el contrato del rancho.

–Me parece bien.

–En cuanto dé a luz, te cederé las tierras.

Sus anteriores parejas siempre la habían acusado de planear sus encuentros con anterioridad y eso era exactamente lo que acababa de hacer con Caleb. ¡Y se sentía la mujer más feliz del mundo!

–¿Y si no te quedas embarazada?

–Entonces, querrá decir que uno de los dos tiene un problema. Quiero tener hijos sea como sea, así que buscaría otro método.

–Muy bien, pero yo quiero mi rancho de todas formas. Si no estás embarazada para finales de año, te compraré el rancho a un precio justo.

–Me parece bien.

–¿Cuándo podríamos tenerlo hecho?

–La semana que viene me toca ovular –contestó Brooke tartamudeando de nervios y sintiendo que los pezones se le ponían duros.

–Me refería al contrato –le aclaró Caleb mirándole los pechos y apretando los puños.

–Ah –dijo Brooke ruborizándose–. Mañana mismo llamo a mi abogado.

–Bien, que me mande una copia para que mi abogado la lea antes de firmarla.

Brooke le tendió la mano.

–¿Trato hecho? –le dijo sintiéndose rara al hacer un trato sobre algo tan íntimo.

–Pase lo que pase, no me casaré contigo.

Brooke no se quería casar con él tampoco. Entonces, ¿por qué le había dolido aquella frase?

–No quiero que lo hagas –le dijo–. ¿Trato hecho? –insistió.

–Sí –contestó Caleb estrechándole la mano.

Se miraron a los ojos y, por un momento, Brooke creyó que la iba a besar, pero Caleb le soltó la mano apresuradamente y salió por la puerta a buen paso.

Conmocionada por lo que acababa de suceder, Brooke se dejó caer en el sofá. La deseaba. Por mucho que se empeñara en negarlo, sus ojos lo traicionaban. Ninguno de los hombres que habían pasado por su vida la había mirado con tanta pasión. Ella también lo deseaba con toda su alma y aquello la asustaba.

Decidió que, a partir de ese mismo momento debía controlar siempre sus sentimientos. De lo contrario, ya sabía lo que le podía pasar.

Caleb fue el último en llegar a la reunión de personal que Brooke había convocado en la cocina.

–¿Tienes los papeles? –le dijo a Brooke al oído poniéndole las manos en los hombros.

–Sí –contestó ella apartándose.

Acto seguido, dio comienzo la reunión en la que instruyó a todo el mundo sobre cómo quería que se hicieran las cosas y se tratara a los huéspedes. Sobre todo, hizo hincapié en que debían leer sus libros.

Tras unas cuantas protestas, Caleb los convenció y todos se marcharon.

–Por favor, no me vuelvas a hablar al oído o a tocar delante de los demás empleados –le advirtió Brooke una vez a solas–. No es apropiado.

–A ver si me entero. ¿Quieres tenerme en tu cama por las noches, pero quieres que actúe como cualquier otro empleado durante el día?

–Caleb, estamos de acuerdo en que ninguno de nosotros busca una relación permanente.

–Vamos a tener un hijo. Creo que no hay nada en la vida más permanente.

–Sí, pero…

–Pero nada. No soy un tubo que puedes congelar hasta que decidas utilizarlo.

–No he querido ofenderte –dijo Brooke sonrojándose–, pero creo que será mejor para los dos no olvidar que esto es un negocio para ambos, por decirlo de alguna manera. No quiero que mi vida se vea alterada. Nunca mezclo el placer con los negocios.

¿Estaba hablando en serio?

–¿Y te crees que el deseo que hay entre nosotros se va a apagar durante el día y se va a encender solo por las noches?

–Por supuesto –contestó Brooke sin mirarlo a los ojos.

«¿Ah, sí?», pensó Caleb. «Te voy a demostrar lo equivocada que estás», decidió atrapándola entre la nevera y la encimera.

Brooke intentó zafarse, pero no pudo y Caleb comprendió por su azoramiento y su respiración entrecortada que ya estaba excitada. Le colocó un brazo a cada lado y se inclinó sobre ella muy despacio y la vio morderse el labio inferior.

Era imposible que olvidara durante catorce horas al día la atracción tan salvaje que había entre ellos.

Brooke tragó saliva con dificultad y sintió que las piernas le flaqueaban. Tomó aire y lo miró a los ojos.

–Mi abogado ha mandado una copia del contrato por fax –le dijo–. ¿Quieres verla?

–Por supuesto –contestó Caleb apartándose.

Capítulo Nueve

–Caleb, María me ha dicho que querías verme.

Al oír la voz de Brooke, Caleb se dio la vuelta y, al verla, se quedó con la boca abierta. Llegaba de correr y tenía las mejillas sonrosadas. Al instante, sintió deseos de arrancarle los pantalocitos que dejaban al descubierto sus maravillosas piernas y el top de deporte que marcaba sus pechos.

Le quedaban pocos días para recorrer con su boca y con sus manos aquel cuerpo, pero la idea de que fuera con el único propósito de concebir un hijo lo asustaba sobremanera.

No era él el único nervioso con el asunto. Brooke se había puesto a la defensiva y, por alguna extraña razón, no lo dejaba acercarse a ella. ¿Cómo era capaz de controlar la química que había entre ellos?

–Quería preguntarte una cosa –contestó guiándola hacia uno de los cobertizos–. ¿Qué vas a hacer con esto? –le preguntó al llegar.

–Son los muebles de mi casa –dijo Brooke.

–Ya lo suponía, pero necesito este lugar para montar las mesas de ping pong para los niños.

–¿Y qué hago?

–¿Qué te parece un rastrillo?

Brooke lo miró horrorizada.

–No quiero venderlos –dijo acariciando el respaldo de una silla.

–¿Los vas a volver a utilizar?

–Puede.

Aquella contestación lo dejó intranquilo y le recordó que, tal vez, después de quedarse embarazada, Brooke decidiera irse.

–Veré dónde los puedo meter –le aseguró.

–Gracias, Caleb. Una cosa más. ¿Por qué está toda la pared cubierta de cabezas de reses de plástico?

–Para aprender a tirar el lazo –le explicó Caleb.

–Ah... no creo que sea muy difícil, ¿no? Al fin y al cabo, estas no se mueven.

–¿Quieres probar? –la retó divertido.

–Por supuesto –contestó Brooke desafiante.

Intentando no sonreír, Caleb le pasó una cuerda y le explicó cómo lanzarla.

–¿Cuántas veces puedo intentarlo?

Aquella mujer no sabía lo que era no conseguir algo, desde luego.

–Las que quieras.

En cuanto vio cómo agarraba la cuerda y la giraba por encima de la cabeza, Caleb comprendió que no iba a saber hacerlo, pero ver el movimiento de sus caderas le gustaba.

Tras cinco intentos en los que ni rozó el objetivo, Brooke se dio por vencida.

–Admito que no es tan fácil como creía.

–La primera lección es gratis –dijo Caleb acercándose sin dejar pasar la oportunidad de tocarla.

Se colocó detrás de ella dispuesto a demostrarle que lo deseaba tanto como él a ella, le colocó la palma izquierda en la tripa y le alineó las caderas. Sintió su piel suave y firme y se apretó contra su espalda para aspirar el aroma de su champú.

Al instante, tuvo que tragar saliva y apartarse un poco pues su entrepierna había reaccionado excitándose.

–El secreto es el movimiento –le susurró al oído–. Tienes que encontrar tu ritmo.

Sintió la respiración acelerada de Brooke y supo que había conseguido su propósito. La había desconcentrado. Bien. No era el único.

Le tomó la mano derecha y comenzó a mover el lazo sobre sus cabezas, pero, como había ocurrido cuando la enseñó a bailar, Brooke intentó llevar la voz cantante.

–Suéltate e imítame. Círculos, eso es. El lazo irá en la dirección que tú le marques. Lo vamos a lanzar a la de tres –le indicó Caleb.

Brooke relajó el brazo, Caleb contó y los dos lanzaron alcanzando la cabeza de plástico. Satisfecha, ladeó la cabeza como si estuviera memorizando el lanzamiento y Caleb no pudo evitar besarle el cuello como sabía que le gustaba.

Brooke dio un respingo y se apartó.

–¿Qué haces?

–Enseñarte a lanzar el lazo –sonrió Caleb.

–No, no me refiero a eso. Te estás adelantando a lo que tenemos pactado –le espetó acariciando a Rico, que había aparecido a su lado como si hubiera presentido que su ama podía necesitar ayuda y no había dudado en gruñir a Caleb.

–¿Me estás diciendo que no te puedo tocar a no ser que esté programado en tu agenda? No creo que te negaras si te tumbara en ese sofá tuyo de ahí y me adelantara a nuestro encuentro programado.

–Todavía quedan unos días para eso –dijo Brooke ruborizándose.

–¿Y si necesito un poco de práctica?

–No creo –contestó Brooke poniendo los ojos en blanco.

Caleb supuso que debería sentirse halagado, pero se sentía frustrado. Brooke lo deseaba, pero estaba dispuesta a no tener relaciones con él hasta que llegara el momento adecuado.

–Deberías quitarte ese collar de castigo que llevas en el cuello antes de que te ahogues.

–¿Cómo has dicho?

–¿Qué ha sido de la mujer con la que me divertí tanto en un motel de repente, sin haber planeado nada?

–Ya te dije que esa mujer no era yo –le advirtió–. Tengo una vida complicada, Caleb. Tengo que encargarme de mis libros, mis conferencias, mi rancho y, en breve espero, de un hijo. No quiero estropearlo todo mezclando cosas.

–La vida no está hecha de apartados estancos, Brooke. Tienes que aprender a integrar todos los aspectos de tu existencia.

–¿Qué sabe un vaquero de compaginar varios asuntos a la vez? –le preguntó con sarcasmo.

Caleb apretó las mandíbulas.

–No tengo estudios superiores, pero te aseguro que llevar un rancho es muy duro. Hay que saber integrar el cuidado de los animales, la gestión de las tierras, la compra de material y muchas cosas más –le explicó orgulloso.

–Perdón. No lo sabía –se disculpó Brooke.

–Lo vas a aprender en carne propia –le recordó Caleb–. Por cierto, ¿qué le has hecho a mi perro?

–Según la lista que me diste, es mío –contestó Brooke acariciando a Rico.

El perro se tumbó de espaldas y dejó extasiado que le rascara la tripa.

Caleb sabía que en un par de días iba a ser él quien estuviera en aquel lugar, pero, de momento, se encontró teniendo celos del perro.

En cuanto vio al primer grupo de la temporada, Caleb supo que iba a haber problemas. No por las tres familias y las dos parejas sino por los cuatro ejecutivos de treinta y tantos años.

En cuanto habían visto a Brooke, se habían lanzado sobre ella como si fuera un trofeo. Obviamente, tenían más en común con ella que él y, para colmo, no habían alquilado una cabaña sino que habían preferido hospedarse en la casa principal.

Sentía su territorio amenazado. Aquella misma mañana, había firmado el contrato con Brooke. Era suya, por lo menos hasta que consiguieran que se quedara embarazada, y no tenía ninguna intención de compartirla.

Por eso, decidió mudarse a la casa principal aquella semana. No quería dejarla sola con aquellos cuatro lobos hambrientos.

–Voy un momento a casa a traerme unas cuantas cosas y ahora vuelvo –le dijo tras haber dado la bienvenida a los huéspedes y haberlos citado en una hora en la piscina para la barbacoa.

–¿Pasa algo?

–No, pero he decidido instalarme aquí por si necesitas ayuda –le informó.

–¿Y dónde vas a dormir? Todas las habitaciones de arriba están ocupadas.

–Había pensado quedarme en la de invitados que hay abajo. Era lo que solía hacer con Charlie.

–Es donde estoy durmiendo yo –dijo Brooke.

–¿Y cómo es que no estás en la principal?

–Porque Rico se pasaba las noches dando vueltas a la cama y llorando.

–¿Te has cambiado de habitación porque Rico echa de menos a Charlie?

No era amor lo que le acababa de hinchar el corazón, claro que no. No sabía qué era, pero, desde luego, no era amor.

–Sí, por eso y porque la cama es… demasiado grande –confesó ruborizándose.

«No para dos», pensó Caleb.

–¿Te importa que duerma yo en ella?

–No, claro que no… De todas formas, la tendremos que utilizar cuando…

–Bien –dijo soñando ya con compartirla con ella y volverla a hacer gozar sin reservas.

Brooke observó desde el porche a los huéspedes y al personal. Estaba claro que Caleb y sus hombres habían hecho aquello muchas veces y sabían perfectamente cómo hacerlo bien.

La única que parecía sentirse fuera de lugar era ella.

La barbacoa estaba siendo amenizada por música country y había unos cuantos huéspedes nadando en la piscina. Otros jugaban al voleibol y los de más allá charlaban junto a las mesas.

Caleb estaba bailando con una joven, hija de una de las familias. La chica lo miraba con ojos embelesados, pero él mantenía las distancias, no la miraba a los ojos y apenas le sonreía.

Aun así, Brooke se encontró teniendo celos. Al fin y al cabo, aquel hombre iba a ser el padre de su hijo y, sinceramente, no le hacía gracia verlo en brazos de otra.

Tomando aire, bajó las escaleras y se paseó entre los clientes. Pronto, se dio cuenta de que casi nadie estaba interesado en sus cursos. Preferían la experiencia vaquera, a saber, montar a caballo y esas cosas.

Solo los cuatro ejecutivos de Ohio le prometieron ir a su seminario del día siguiente.

–¿Estás bien?

No le hizo falta girarse para saber quién era. Reconocía la voz de Caleb entre la multitud.

–Sí –contestó–. La idea de llevar todos el

mismo uniforme me ha parecido muy buena –añadió apartándose de él haciendo un gran esfuerzo.

–Sí, fue idea de Charlie. El primer día es importante porque permite a los huéspedes identificarnos rápidamente.

Lo tenía muy cerca, demasiado, y no podía dejar de pensar en que le quedaban solo unos días para estar entre sus brazos. La sola idea la hacía temblar de gusto.

–No es la primera vez que das la bienvenida a los huéspedes, entonces, –comentó recuperando la compostura.

–No –reconoció Caleb–. Charlie necesitaba ayuda y yo necesitaba el dinero.

–Le llevabas la contabilidad, te ocupabas del personal y de los caballos y dabas la bienvenida a los huéspedes. ¿Cuánto tiempo estuviste trabajando para él?

–Dos años –contestó Caleb a regañadientes.

–Así que sabes mucho más sobre el negocio rural de lo que me dijiste.

–Nunca te he dicho lo que sé y lo que no.

Aquella, sin embargo, no había sido la mayor sorpresa del día.

–Hablas muy bien en público –le dijo sinceramente recordando cómo los había hecho reír.

–Yo no diría tanto.

–Te aseguro que a todos les han quedado muy claras las normas de seguridad –insistió Brooke.

Caleb se encogió de hombros.

–Deberías desarrollar ese talento, Caleb.

–Muy bien, ya lo intentaré con el ganado.

–Ser un buen comunicador te puede ayudar a ir donde quieras.

–No quiero ir a ningún sitio –le aseguró–. Aquí, con mis amigos y mi familia, estoy bien.

Desde luego, allí el más necesitado de ir a sus conferencias era Caleb.

–La complacencia nunca conduce al éxito.

–¿El éxito según qué estándares?

Brooke suspiró. No quería pasarse el día de inauguración de su negocio discutiendo con Caleb, pero no podía soportar que no quisiera utilizar bien su talento.

–Eres bueno, Caleb. Te podría ayudar a desarrollar tus dotes de orador.

–Eso se parece mucho a lo que me dijo mi ex mujer justo antes de hacerme elegir entre Crooked Creek y ella.

Y había elegido el rancho. De repente, a Brooke se le ocurrió algo.

–¿Te da miedo el éxito?

–¿Cómo? –dijo Caleb anonadado.

–Hay gente que no quiere triunfar porque teme no poder con ello.

–No me psicoanalices –dijo tras maldecir–. Eres tú la que quería cambiar de vida, no yo.

–Puede que debas hacerlo.

–Solo te he dicho que te iba a dejar embarazada, pero no me he casado contigo, así que deja de intentar cambiarme.

–¿Es eso lo que hizo tu ex mujer? ¿Intentó cambiarte?

–Brooke, prefiero no hablar de ello –le advirtió.

En ese momento, uno de los ejecutivos de Ohio apareció junto a ellos.

–¿Me enseñas a bailar como los vaqueros, Brooke?

Caleb la agarró de la cintura haciendo que se le acelerara el corazón.

–Lo siento, amigo, pero Brooke me había prometido este baile –contestó Caleb–. Jan puede enseñarte –añadió señalando a una de las mujeres que ayudaba a María en la casa y llevándose a Brooke a la pradera.

Una vez allí, bailaron un rato, pero Brooke no se podía concentrar. Lo tenía tan cerca que le costaba respirar.

–A la de tres, damos una vuelta –le indicó Caleb.

Al hacerlo, Brooke se encontró dando un traspiés y chocándose contra su pecho.

–Perdón –se disculpó–. No me ha salido muy bien.

–Te ha salido de maravilla, pero no lo vamos a repetir.

–¿Por qué no? Déjame volverlo a intentar.

–No, preciosa. Se te ha levantado tanto la falda que casi te veo las braguitas y ya tengo bastante cada vez que pienso que me voy a acostar contigo en cuatro días.

Brooke se paró en seco y se lo llevó a una esquina.

–Caleb, creí que habías entendido cómo funciona el ciclo de fertilidad. Ovulo dentro de cuatro días. Para obtener resultados óptimos, tenemos que acostarnos antes de que eso ocurra y, a poder ser, más de una vez.

Caleb la miró con deseo.

–Entonces, ¿por qué no paras de apartarte de mí?

–Porque todavía me faltan cuarenta y ocho horas para ser fértil.

–¿Estamos discutiendo por unas horas? –preguntó Caleb sorprendido.

–No estamos discutiendo. Solo te estoy diciendo que tenemos que acostarnos entre doce y veinticuatro horas antes de la ovulación. Si lo hacemos antes, será un esfuerzo en vano.

Al ver la expresión de su cara, Brooke se dio cuenta de que no debía de haber elegido bien sus palabras.

–Muy bien, jefa, vamos a hacer una cosa –le espetó–. Mándame por escrito el lugar y la hora del encuentro y ya veré si puedo ir –añadió alejándose enfadado.

Las duchas frías no eran lo suyo, pero cuando todos los huéspedes se hubieron ido a la cama, Caleb se había metido debajo del chorro de agua helada.

Se quedó mirando la tarjeta que Brooke le había dado con dos fechas y dos horas durante la cena. Que lo citara como para ir al médico no debía excitarlo, pero no había podido evitarlo.

No sabía si ella estaba igual de expectante y

excitada ante su próximo encuentro, pero ya se encargaría él de volverla loca.

Terminó de secarse y se puso una toalla a la cintura.

–Esfuerzo en vano...

En ese momento, oyó un ruido en el pasillo y abrió la puerta esperando encontrarse con Brooke, pero se encontró con uno de los ejecutivos.

–¿Te has perdido, Ron?

–Oh, ah, hola, Caleb... No, estaba buscando a Brooke para preguntarle una cosa sobre el seminario de mañana.

Aquel hombre mentía y Caleb sintió deseos de partirle los dientes de un puñetazo, pero era un cliente y los clientes, tal y como le había enseñado Charlie, eran intocables.

–Esta parte de la casa es privada, es donde vimos nosotros –le aclaró–. No has debido de ver el cartel, pero no te preocupes, ya le diré a Brooke ahora cuando me vaya a la cama que quieres hablar con ella mañana.

El tal Ron lo miró atónito.

–¿Brooke y tú...?

–Sí.

¿Tan difícil de creer resultaba?

–Perdón, pero no eres el tipo de hombre que le va a una mujer de tanto éxito.

Caleb no contestó porque sabía que era cierto.

–Hasta mañana –se limitó a decir tras acompañarlo a la puerta y cerrarla con llave.

–Creí que dijiste que no hacía falta cerrar con llave por aquí porque no había ladrones –dijo la voz Brooke a sus espaldas.

Caleb se giró y el poco efecto calmante que la ducha de agua fría le había proporcionado se evaporó al instante.

Brooke llevaba la misma batita de seda que en el motel y creía que no vestía nada más debajo. Tragó saliva.

–Y no los hay, pero sí hay hombres que quieren engañar a sus mujeres –le aclaró–. Cuando se alojen en la casa grande, cierra con llave día y noche.

Brooke lo miró de arriba abajo y Caleb sintió que su cuerpo se excitaba. Brooke se mojó los labios, exhaló y se centró en la agenda que llevaba entre las manos. A Caleb le encantaba comprobar que no lo tenía todo tan controlado como ella quería hacerle creer.

–Mañana tenemos muchas cosas que hacer, así que será mejor que nos vayamos a dormir.

–¿Lo anotas todo en esa agenda?

–Casi todo. Me ayuda a aclararme las ideas y a concentrarme en los objetivos. No salgo de casa sin ella.

–Como una droga, ¿eh? Así que no puedes pasar un día sin ella... –se burló acercándose a ella–. ¿Has anotado lo que vamos a hacer en un par de días?

–Por supuesto –contestó tensándose.

–¿Has puesto que voy a empezar lamiéndote los pies y voy a subir por todo tu cuerpo hasta encontrar tu boca?

–No me ha parecido necesario –dijo Brooke con la respiración entrecortada.

–Y a la mañana siguiente, me voy a bañar contigo, te voy a enjabonar y te voy a penetrar en la bañera hasta hacerte jadear como a mí me gusta.

–Sí, bueno... –dijo ella nerviosa.

–¿Y sabes lo que voy a hacer esta noche? Voy a recordar, en tu propia cama, lo que hicimos la noche del motel.

Brooke cerró los ojos con fuerza y Caleb sonrió.

–También puede que me imagine nadando desnudos en la piscina y haciéndote mía en el bordillo.

Brooke emitió un gemido de placer que intentó disimular tosiendo.

–Y poseyéndote sobre la mesa del despacho de Charlie...

Parecía cerca de la hiperventilación.

–... Y en la de la cocina...

Brooke se tensó como la cuerda de un arco.

–¿Y qué te parecería hacerlo en el porche?

–Buenas noches –se despidió Brooke no pudiendo soportarlo más y cerrándole la puerta de su habitación en las narices.

Caleb tuvo que darse una segunda ducha fría después de aquel diálogo, pero lo hizo con una gran sonrisa triunfal en el rostro.

Capítulo Diez

A la mañana siguiente, Caleb se sentó en la sala donde Brooke iba a dar su charla y se dio cuenta de que se iba a quedar un poco decepcionada al ver que solo estaban los cuatro ejecutivos hambrientos, un jubilado de Tennessee y él.

Había leído sus libros y todo lo que en ellos decía le parecía de sentido común, la verdad. «Decide qué quieres, ve por ello, esfuérzate y, al final, lo conseguirás». Ese era el resumen y él lo había aprendido de pequeño de su padre.

Al verla entrar, los ejecutivos sonrieron de forma empalagosa y Caleb sintió deseos de borrarles de un bofetón aquellas sonrisas de sus bobaliconas caras.

–Espero que hayáis disfrutado todos del paseo a caballo –comenzó Brooke–. Hoy vamos a hacer una breve introducción de una hora a cómo sacar lo mejor que hay en nosotros. A lo largo de la semana, iremos profundizando.

Hizo una pausa y miró a los presentes.

–Muy bien –continuó–. Antes de conseguir algo hay que saber qué se quiere conseguir. En el cuaderno que tenéis, escribid qué es lo que más deseáis en la vida.

Caleb escribió *Tú.*

Brooke se paseó entre los asistentes y fue leyendo mentalmente sus contestaciones.

–Lo siguiente es marcarse un tiempo. ¿Cuándo creéis, de forma realista, que podríais conseguir lo que… deseáis? –dijo parándose detrás de Caleb.

Esta noche, leyó.

Brooke carraspeó y siguió andando. Caleb sonrió encantado.

–Ahora hay que dividir el objetivo en partes más pequeñas y estimar cuánto tiempo creéis que tardaréis en conseguir cubrir cada etapa.

Caleb describió su ropa en el orden en el que le gustaría quitársela y, al lado, los segundos que iba a estar con cada prenda.

–Escribid a continuación qué os impide conseguir lo que deseáis.

Cooperación, escribió Caleb.

–Vuestro objetivo no debería depender de otras personas. Tiene que ser algo que podáis lograr vosotros solos –continuó Brooke en un hilo de voz–. Es decir, no os pongáis como objetivo vender el mejor libro del año porque la industria editorial no depende de vosotros, pero sí podéis escribir el mejor libro del año –les aclaró.

–Eso quiere decir que no me puedo poner como objetivo tener un hijo antes de los cuarenta porque conseguirlo depende de otros, ¿verdad? –apuntó Caleb.

Vio que había dado en el blanco al verla palidecer.

–No necesariamente –contestó Brooke–. Puedes ser padre soltero por otros métodos. A veces, cuando se cierra una puerta hay que mirar alrededor y abrir otra. No pasa nada por fracasar. De hecho, Henry Ford solía decir que el fracaso permite volver a empezar con más información. De los errores se aprende. Hay que ver por qué no se ha conseguido lo que uno se había propuesto, corregirlo y volverlo a intentar. Lo que tienen en común las personas que tienen éxito es que no paran de intentarlo.

–Sí, pero los que más lo intentan más fracasos pueden cosechar –objetó uno de los empresarios.

Brooke se encogió de hombros.

–Es cierto, pero más posibilidades tienen de conseguir triunfar –sonrió–. Además, el verdadero fracaso no es no conseguir algo sino no aprender de los errores que nos han llevado a no conseguirlo y seguir cometiéndolos una y otra vez.

Caleb pensó que él había cometido el error en el pasado de enamorarse de una mujer. ¿Estaba cometiendo de nuevo el mismo error? No podía negarse a sí mismo que Brooke cada vez le gustaba más. ¿Cometería los mismos errores que con Amanda o habría aprendido ciertas cosas con el paso del tiempo?

–Volved a mirar lo que habéis escrito y decidid qué estáis dispuestos a sacrificar para conseguirlo –les indicó Brooke.

Caleb no escribió nada. ¿Qué estaba dispuesto a sacrificar por ella? ¿De qué quería prescindir para verla de nuevo en su cama?

¿Solo la quería en su cama? No.

Le gustaba su cabezonería y su tozudez, pero prefería a la mujer que se había dejado llevar. A pesar de que acababa de decir que no había que temer al fracaso, Brooke lo temía más que nadie.

¿Qué tendría que sacrificar para liberarla?

–En tu libro dices que el éxito es algo que se siente dentro, que nadie te puede dar. ¿Quiere decir eso que, si eres feliz haciendo lo que haces, lo has conseguido aunque a los demás no se lo parezca?

Brooke se mordió el labio inferior.

–Podríamos discutirlo. El éxito tiene que ser interno y, si deseas algo externo, debes plantearte qué significa para ti internamente. Por ejemplo, si quieres ser millonario seguramente será porque crees que el dinero te dará seguridad. Si quieres comprarte un rancho, debes pararte a pensar por qué quieres hacerlo, qué significa la tierra para ti.

Caleb se tomó aquella alusión de forma personal. ¿Qué lo llevaba a querer comprar el Double C? La culpa. Su familia había pagado su estupidez y nunca se lo había echado en cara. Brand se había quedado sin ir a la universidad y se había visto forzado a dedicarse al rodeo porque él no había sido lo suficientemente hombre como para impedir a Amanda que se gastara todo su dinero.

–¿Y qué pasa si cometes errores y los tienen que pagar los demás? –preguntó.

Brooke le puso la mano en el hombro.

–Todos elegimos mal a veces –le aseguró–. Hay que saber perdonarse y seguir adelante –añadió mirándolo a los ojos con comprensión.

Caleb sintió que se le encogía el corazón y que los ojos se le llenaban de lágrimas.

–Si tenéis alguna pregunta… –dijo Brooke.

Caleb se levantó y se fue en silencio. Necesitaba estar solo para digerir lo que acababa de descubrir: llevaba años culpando a Amanda de su desgracia, pero el único culpable era él.

Brooke miró la luna desde la ventana del cuarto de baño.

Era el primer momento a solas que tenía en todo el día. ¿Cómo era posible que Caleb hubiera puesto en duda todo su trabajo con tan solo unas cuantas preguntas? Ni siquiera sabía cómo había sido capaz de seguir con la charla.

Siempre había buscado el reconocimiento de su familia y de la sociedad, quería tener credibilidad, quería un hijo. Todos sus objetivos eran externos y dependían de otros. Necesitaba pararse a pensar.

En ese momento, llamaron a la puerta. Se puso la bata y dejó el agua abierta para darse un baño. Abrió la puerta y se encontró con Caleb.

Saber que en veinticuatro horas iba a estar haciendo el amor con él la dejó sin respiración.

–¿Estás bien? –le preguntó–. Has estado muy callada en la cena.

–Estoy bien –mintió.

–¿Te vas a dar un baño?

–Así es.

–¿Te ayudo? –sonrió Caleb con picardía.

–No, gracias –contestó Brooke azorada–. Tengo que afeitarme las piernas para mañana por la noche.

–Yo tengo experiencia con la cuchilla. Al fin y al cabo, me afeito todos los días.

–Puede que no sea fértil en estos momentos –objetó a la desesperada.

–¿Y?

Brooke no sabía qué decir. Quería mantener el trabajo y el placer por separado, pero aquel hombre parecía decidido a ponérselo difícil.

Caleb dio un paso al frente y ella dio un paso atrás. En un abrir y cerrar de ojos, estaba dentro del baño con ella.

–¿Tienes una maquinilla nueva? –le preguntó.

–Sí –contestó Brooke viendo cómo se quitaba las botas y los calcetines–. ¿Por qué te desnudas? –añadió asustada al ver que se disponía a desabrocharse los vaqueros.

–Porque me quiero bañar contigo –contestó Caleb.

¿Iban a hacer el amor en la bañera? Eso parecía.

Caleb terminó de desvestirse y se metió en la bañera.

–¿Has hecho esto antes? –le preguntó Brooke

Caleb enarcó una ceja.

–Me refiero a afeitarle las piernas a una mujer –le aclaró Brooke nerviosa.

–No, pero aprendo rápido –contestó tendiéndole una mano.

Debía de estar loca, pero se quitó la bata y se metió en el agua con él. Al hacerlo, el nivel del agua subió, pero no lo suficiente como para ocultar la erección de Caleb. Al instante, Brooke sintió un calentón por todo el cuerpo y no precisamente porque el agua estuviera demasiado caliente.

Caleb tomó el jabón, hizo espuma y comenzó a masajearle el pie derecho. A continuación, deslizó las manos por su pantorrilla y su muslo. Se puso la pierna de Brooke sobre el hombro y se la afeitó con movimientos sensuales.

A pesar de la incómoda postura, Brooke se sentía como la mujer más sexy del mundo.

La tortura recomenzó con la pierna izquierda. Como pudo, Brooke se concentró en no gemir de placer.

–Siéntate arriba –le indicó Caleb.

–¿Cómo? –dijo abriendo los ojos sorprendida.

–Hay que depilar hasta arriba, ¿no?

Brooke obedeció nerviosa. Se sentó en el borde de la bañera y lo observó enjabonarse de nuevo las manos. Sin más preámbulos las volvió a deslizar por sus muslos. Primero, por la parte externa y luego... por la interna.

A pesar de casi rozar la zona de su cuerpo que más deseaba ser tocada, Caleb no se paró. Brooke se moría por sentir sus dedos entre las piernas, pero él no parecía tener prisa.

No había estado más excitada en su vida, se

moría de ganas de saber qué haría Caleb a continuación. Entonces, se dio cuenta de que con Caleb no temía las consecuencias de dejarse llevar sino que era, precisamente, lo que estaba deseando hacer.

En ese momento, Caleb quitó el tapón y la bañera comenzó a vaciarse.

–¿Qué haces? –le preguntó Brooke viendo cómo la experiencia más erótica de su vida tocaba a su fin.

Al ver su erección, comprendió que iban a hacer el amor, pero en la cama. ¡Qué fastidio! Ella, que no tenía nada de espontaneidad, quería saltar al vacío, pero solo con Caleb. Con él, podía nadar por aguas revueltas sin miedo de ahogarse.

Caleb la puso en pie dentro de la bañera y manipuló los grifos para que el agua saliera por la ducha de teléfono.

–Aclararnos –contestó.

A Brooke no le dio tiempo de pensar mucho ni de decir nada. Sintió el agua fresquita por el cuerpo que, aun así, bullía de excitación y vio cómo Caleb volvía a llenar la bañera.

–¿Y ahora?

–Ahora te voy a enjabonar y te voy a penetrar en la bañera hasta hacerte jadear como a mí me gusta.

Brooke sintió que le temblaban las rodillas y que se le entrecortaba la respiración.

Caleb se sentó en el borde de la bañera.

–Siéntate encima de mí...

Al ver su potente erección, Brooke tragó saliva con fuerza. Estaba fuera de sí. Quería hacerlo suyo, así que se hizo con el jabón antes que él y se arrodilló. Se enjabonó las manos y se las pasó por el torso desnudo parándose en sus zonas erógenas.

Era lo justo después de la tortura a la que le había sometido a ella. Vio cómo los músculos de Caleb se tensaban y contraían.

Deslizó las manos por sus abdominales hasta prácticamente tocarle la erección, hizo el amago de tocársela y se retiró.

–Así que estamos de broma, ¿eh? –sonrió Caleb arrebatándole el jabón.

Se enjabonó las manos realmente despacio y Brooke se mojó los labios. Se moría de deseo.

Caleb la tomó de los hombros y la besó con tanta pasión que no podía pensar. Deslizó las manos por su espalda, le acarició las nalgas y se pasó al otro lado.

Brooke casi se mordió la lengua. Abrió los ojos sorprendida y lo miró extasiada. Siempre que creía que lo había aprendido todo, Caleb le demostraba otras zonas de su cuerpo que producían placer o cómo tocarlas.

Al sentir sus manos sobre los pechos y sus pulgares en los pezones, no pudo más y gritó de placer.

–Eso es –la animó él–. Dime exactamente qué sientes y lo que quieres que te haga.

Y Brooke lo hizo. Estaba acostumbrada a hablar, a matizar con palabras sus pensamientos y lo hizo sin vergüenza.

Caleb la acarició cómo le indicaba hasta hacerla sentir tanto placer que Brooke creyó que se iba a desmayar.

–Móntate encima de mí y muévete –le indicó Caleb besándola.

Brooke se colocó sobre él, tomó su erección entre los dedos y la condujo al interior de su cuerpo. Caleb se movía con rapidez dentro y fuera de su cuerpo mientras con una mano le acariciaba la entrepierna y con la otra los pechos.

Permanecieron así un buen rato, hasta que a Brooke le comenzaron a doler los muslos de tanto galopar y sintió un rapto exquisito que la llevó a alcanzar el orgasmo mientras Caleb gritaba su nombre.

Luego, solo se oyó el murmullo del agua y los jadeos de los dos, exhaustos. Brooke se apoyó en su pecho y Caleb le echó agua calentita por la espalda antes de retirarle el pelo de la cara.

Y, entonces, Brooke se dio cuenta de que no habían utilizado preservativo. Para bien o para mal, la semilla de Caleb ya estaba en su cuerpo. Desde que aquella misma mañana, Caleb le había hecho dudar de muchos de sus planteamientos vitales, no sabía si aquello era bueno o malo.

Lo habían hecho. Caleb sentía que el corazón se le salía del pecho. Brooke podía estar ya embarazada de su hijo.

¿Era alegría aquello que sentía? Tras separarse de Amanda, había jurado no tener hijos.

Sintió que Brooke temblaba un poco y le dio al agua caliente. No quería que aquel momento se terminara. Sabía que, en cuanto salieran del baño, volvería a levantar las barricadas entre ellos.

No le hacía falta haber pasado por la universidad para comprender que Brooke había sufrido en sus anteriores relaciones y que le daba miedo tener otra. De lo contrario, ¿por qué quería tener un hijo sola o por qué intentaba mantener las distancias con él?

Le había hecho ver aquella mañana que llevaba demasiados años anclado al pasado y que tenía que mirar hacia el futuro.

¿Incluiría ese futuro a Brooke y a su hijo?

Capítulo Once

Tres días después, los despertó el teléfono.

Brooke contestó y se encontró con una propuesta de trabajo de su representante. El único problema era que tenía que salir prácticamente corriendo pues tenía que estar en Miami aquel mismo día.

Para su sorpresa, Caleb la ayudó a hacer la maleta y le preparó el desayuno para que no perdiera ni un segundo.

Por una parte, le fastidió que no insistiera en que se quedara, pero por otra sabía que aquel tiempo sola le serviría para replantearse su vida y que lo más probable era que transcurriera sin aquel vaquero de ojos color café a su lado.

No debía olvidar que solo los unía una relación de negocios. Entonces, ¿por qué sentía una punzada de dolor cuando se imaginaba su futuro sin Caleb?

Tras despedirse de ella en el porche, Caleb entró y recogió las sábanas. No pudo evitar sonreír. Desde luego, si Brooke no estaba embarazada no era por no haberlo intentado una y otra vez.

No quería que se fuera definitivamente. Se

había acostumbrado a ella y estaba dispuesto a seguir haciéndose cargo de la casa rural si ella le seguía suministrando sus frasecitas y su optimismo vital.

Al recoger el edredón para ponerlo sobre la cama, algo cayó y golpeó el suelo. ¡La agenda de Brooke! ¿Qué iba a hacer sin ella?

Cuando la iba a tomar para ponerla encima de la mesa, se abrió y vio su nombre escrito junto al de un donante anónimo. Aquello le hizo seguir leyendo con curiosidad, algo que normalmente no habría hecho por respeto a la privacidad de la otra persona.

Carece de ambición, no tiene estudios superiores, no ha viajado mucho, habría que pulirlo, a mis padres no les haría gracia, sería como suicidarse profesionalmente, mis rivales podrían aprovechar que me relacionara con un vaquero.

Además, me hace perder el control.

Caleb sintió que le quemaba el pecho. Era obvio que el donante anónimo le parecía mejor opción. Entonces, ¿por qué lo había elegido a él? ¿Y qué era aquello de los rivales?

Siguió leyendo y obtuvo las respuestas a sus preguntas.

Solo conseguir un hogar y una familia hará que me dejen de atacar.

Problema: Llegan los primero huéspedes. He tenido que posponer la cita en la clínica de inseminación. Cuanto más tarde en tener un hijo, más riesgo tengo de perder mi credibilidad.

Solución: Encontrar un método de inseminación alternativo.

Eso era lo que Brooke había escrito hacía una semana y eso era lo que era él para ella, un método de inseminación alternativo.

¿Cómo encajar aquel golpe? Se había metido en aquella relación sabiendo que era algo puramente de negocios, pero se había enamorado de ella.

Necesitaba salir de aquella casa, no podía seguir en aquella habitación donde habían sido tan felices sabiendo que para ella solo era un buen semental.

Una vez fuera, se encontró con su hermano Patrick.

–¿Dónde vas tan pronto?

Caleb no contestó.

–Uy, uy, uy, esto me huele a Brooke...

¿Desde cuándo era su hermano adivino?

Caleb tomó aire y confesó.

–Está dispuesta a darme el Double C.

–¿Ah, sí? ¿A cambio de qué? ¿De tu primer hijo?

Caleb lo miró dubitativo y asintió.

–¿Estás loco? –dijo Patrick pálido.

–Brooke se muere por tener un hijo, así que hemos pactado que yo la deje embarazada y a cambio ella me va a dar el rancho.

¿Tendría fuerzas para seguir con aquel plan sabiendo que Brooke se avergonzaba de él?

–Solo es tierra, Caleb –dijo Patrick tras maldecir.

–Es nuestra historia. Era de la familia hasta que, por mi culpa, lo perdimos.

–Nadie te ha culpado nunca de ello.

–Yo, sí. Podría haberle impedido a Amanda que gastara tanto dinero y no lo hice.

–No podrías haberlo hecho porque estabas muy ocupado intentando recuperar la amistad de su hermano y te voy a decir una cosa. No merecía la pena. Un amigo que a la primera de cambio te deja tirado no merece la pena.

Patrick tenía razón.

–Otra cosa importante, hermano –continuó Patrick–. ¿No tuviste paperas de pequeño?

–Sí, ¿y qué?

–Que las paperas causan esterilidad.

–Eso es un cuento chino.

–¿Y cómo explicas que Amanda nunca se quedara embarazada?

Aquello le hizo reflexionar.

–¿Por qué no vas al médico?

¿Debía hacerlo? Si realmente fuera estéril, Brooke no querría saber nada de él, desaparecería de su vida.

Si fuera estéril, no le pediría que se casara con él. A pesar de haber leído lo que había leído, estaba enamorado de ella y estaba dispuesto a tragarse su orgullo por estar con ella.

–Si te has apropiado de mi habitación, será mejor que vayas sacando tus cosas de ella porque vuelvo a casa –anunció Caleb.

–Si la quieres, debes quedarte aquí y decírselo.

–Yo no he dicho en ningún momento que la quiera.

–No ha hecho falta –sonrió Patrick–. Desde el

primer chupetón, te paseas por ahí con cara de tonto.

–¿No te ha dicho nadie nunca que hablas demasiado?

–Sí, mi hermano mayor, pero no le hago caso.

Brooke se sentó en el borde de la silla y se preguntó qué les iba a decir a aquellos ocho mil empleados de SuperMart cuando su autoestima estaba hecha añicos.

Además de que sus objetivos eran externos y dependían de otros, el pánico que sentía por no haberlos alcanzado a los treinta y cinco años contradecía su teoría de que el fracaso era parte del proceso de crecimiento personal.

Aquel miedo al fracaso la había llevado a tomar decisiones espontáneas que normalmente no habría tomado, decisiones que la llevaban junto a un hombre que la hacía perder el control más a menudo de lo que a ella le hubiera gustado.

En ese momento, lo entendió todo. Caleb había aparecido en su vida para hacerle comprender que la dirección que había tomado no era la correcta y para hacerle ver que todavía estaba a tiempo de cambiarla.

La había cuestionado y la había puesto a prueba como hacía mucho tiempo que ella no hacía consigo misma. ¡Y ella creyendo que era él quien estaba atrapado sin salida en aquel rancho!

Lo había tildado de hombre falto de ambición sin darse de cuenta de que era un hombre que tenía lo que quería, que era su rancho, y que por ello era un hombre de éxito.

Al instante, se dio cuenta de que Caleb tenía una vida que mucha gente envidiaría. Además, era un hombre bueno y generoso que ayudaba a los que estaban a su alrededor.

Se moría de ganas por volver a casa y contarle lo que había descubierto. Y, curiosamente, cuando pensó en su casa no pensó en su piso de San Francisco sino en el Double C.

Se tocó la tripa y se preguntó si estaría ya embarazada de aquel maravilloso vaquero de ojos color café. En ese momento, le tocó hablar y supo inmediatamente sobre qué lo iba a hacer. Sobre los errores y los cambios de rumbo, sobre dejarse llevar por el instinto y por el corazón.

Y eso era precisamente lo que ella iba a hacer.

Capítulo Doce

Cuando Brooke llegó al rancho, todo estaba en silencio y el único que salió a recibirla fue Rico.

–¿Caleb? –dijo al entrar en casa.

–No está –le contestó María–. Se ha vuelto al Crooked Creek y me pidió que le diera esto en cuanto volviera –añadió entregándole su agenda.

Brooke sintió un escalofrío por la espalda al imaginarse a Caleb leyendo lo que había escrito sobre él. Sintió un dolor inmenso en el pecho. Debía saber lo equivocada y perdida que estaba al hacerlo.

–¿Me puede decir cómo se llega en coche? –le preguntó a María.

Caleb se estaba paseando nervioso por la cocina esperando la humillante llamada del médico cuando oyó un coche y vio que era Brooke.

Nada más entrar, se abalanzó sobre él y lo besó con pasión. Caleb sabía que debía apartarla, pero no pudo porque tal vez fuera a ser la última vez que la tuviera entre sus brazos. Todo dependía de los resultados que le diera el médico.

–Gracias por haberme abierto los ojos –le espetó Brooke sin más rodeos–. Me he dado cuenta en Miami de que llevo muchos años intentando complacer a la gente equivocada, a mi madre, a mi publicista, a mi editor. Me he pasado la vida compitiendo con mis hermanos aunque no quiero sus vidas porque me encanta la mía.

Sintió la erección de Caleb y supo que la deseaba, pero temió que eso fuera lo único que sintiera por ella.

–Me había salido del camino correcto y tú me has devuelto a la senda, Caleb. Has hecho que viera mi vida desde otra perspectiva y me has hecho comprender que me lo estaba tomando todo demasiado en serio. Has hecho que me divirtiera como una loca cuando yo había borrado todo signo de diversión de mi existencia.

En ese momento, vio que Caleb la miraba con preocupación y comprendió que le iba a decir algo que no le iba a gustar, así que se apresuró a continuar.

–Mi rival me echaba en cara que no vivía según lo que predicaba y tenía razón. Vivía tomando antiácidos a todas horas porque los principios que regían mi vida no eran los que verdaderamente quería.

–Ya era hora de que te dieras cuenta –comentó Caleb.

–Nunca lo habría conseguido sin ti.

–Brooke… –dijo con tristeza–. No sé si voy a poder darte un hijo.

–No te entiendo –contestó Brooke palideciendo.

–Tuve paperas de pequeño y hay posibilidades de que sea estéril...

Brooke tomó aire varias veces y se tranquilizó. Quería tener hijos con Caleb, pero no necesitaba ser madre para tener una vida plena.

–No pasa nada, Caleb –dijo acariciándole la cara– porque en Miami me he dado cuenta de otra cosa. Quería tener un hijo, pero por motivos equivocados. Me encanta trabajar con niños, lo he hecho muchas veces, porque son especiales, pero puedo seguir haciéndolo sin que sean míos.

–No es lo mismo –protestó Caleb.

–Hay otras maneras de que tengamos una familia.

–¿Una familia?

–Sí, tú y yo y nuestra familia.

–¿Estás dispuesta a arriesgarte al suicidio profesional?

–Veo que has leído mi agenda –dijo Brooke haciendo una mueca de disgusto.

–No fue mi intención, pero cayó a mis pies abierta por la página en cuestión.

Brooke vio en sus ojos que estaba sufriendo.

–Estaba completamente equivocado cuando escribí aquello –le aseguró.

Caleb negó con la cabeza.

–Es cierto que no tengo estudios.

–Pero sabes muchas cosas que no se aprenden en la universidad.

–No he viajado demasiado.

–Ya viajaremos juntos.

–¿Y qué me dices de mi falta de ambición?

–Me equivoqué al juzgar tus objetivos con mi rasero. Tú tienes el tuyo y te pones los objetivos que te da la gana.

–¿Y tus padres?

Brooke suspiró y apoyó la cabeza en su pecho.

–Mi madre tiene la mala costumbre de meter cizaña entre los tres hermanos, pero ya hablaré con ella.

–¿Y tu rival?

–Que diga lo que quiera. A mí solo me importa ser feliz contigo. Gracias a ti, soy más feliz que en toda mi vida. ¿Quieres saber cuál ha sido el descubrimiento más importante que he hecho en Miami? –preguntó dubitativa.

Caleb asintió.

–Que te quiero.

–Brooke...

–No hace falta que digas nada –lo interrumpió poniéndole la mano sobre la boca–. Solo quería que lo supieras. Me has devuelto la felicidad haciéndome comprender cómo debía encarrilar mi vida y mi regalo es amarte. Me quede o no embarazada, quiero devolverte el rancho.

Caleb le tomó la mano y se la llenó de besos.

–Yo también te quiero –le dijo con ternura–, pero un trato es un trato y pienso cumplir mi parte.

Brooke sintió ganas de llorar y de reír a la vez.

–Me gustaría quedarme aquí para siempre –dijo emocionada.

–Eso está hecho. Voy a la tienda a comprar

una tonelada de comida y tú cierra bien la puerta –contestó Caleb haciéndola reír.

–Además de que llegan huéspedes nuevos mañana por la mañana, tengo que ir el fin de semana a Las Vegas para dar una conferencia.

–Voy contigo –se apresuró a ofrecerse Caleb.

–¿Y el rancho?

–Patrick puede ocuparse de todo –le aseguró.

–Muy bien.

Caleb la tomó de los hombros y la miró a los ojos.

–Brooke, ¿podríamos saltarnos el noviazgo e ir directamente al «sí, quiero»? –le preguntó con mirada ardiente.

–¿Me estás pidiendo que me case contigo? –dijo Brooke ahogando un grito de sorpresa.

–Sí. Ya sé que no lo estoy haciendo bien porque no tengo anillo ni estoy de rodillas...

–Eso ya está muy visto –lo interrumpió Brooke–. Vamos a hacer algo especial... –añadió tumbándolo en el sofá y poniéndose encima de él–. ¿Qué me estabas diciendo?

–Que me encantan tus frasecitas, tu ropa de catálogo y que no me dejes seguir viviendo anclado en el pasado. Te estaba diciendo que me encanta que te hicieras cargo del perro más feo del mundo porque necesitaba a alguien que lo quisiera y que, sobre todo, te quiero Brooke Blake.

–No tanto como yo te quiero a ti, vaquero –contestó Brooke mientras le resbalaba una lágrima por la mejilla.

En ese momento, sonó el teléfono y Caleb

contestó nervioso. Brooke había accedido a casarse con él y le había dicho que le daba igual no tener hijos, pero...

–¿Sí?

–Hola, ¿señor Lander?

–Al aparato –dijo mientras Brooke le desabrochaba los pantalones y le besaba el ombligo.

–Llamo de la clínica para darle los resultados... Todo está bien.

–Muchas gracias –dijo Caleb sinceramente antes de colgar.

Brooke vio el gesto de alegría en su cara y deslizó la boca hasta tocar su erección.

–Mucho cuidado con ese arma, señorita, que está cargada –le advirtió–. Esta mañana me he hecho unas pruebas en la ciudad y me acaban de dar los resultados. Parece que vamos a poder tener esa familia que tanto deseas –sonrió.

Epílogo

Caleb se sonrió a sí mismo en el gran espejo que había sobre la cama del hotel de Las Vegas.

Se habían casado la tarde anterior, en cuanto Brooke terminó la conferencia. Dos horas escuchando sus frasecitas lo habían emocionado tanto que no había podido aguantar un día más, así que la había sacado de allí rápidamente y la había llevado a la capilla más próxima.

A la vuelta, ella se había vengado entrando en una tienda de lencería y comprándose un regalo de bodas especial que no le había dejado ver. La noche anterior no les había dado tiempo ni de sacarlo de la bolsa, así que Brooke acababa de meterse en el baño para ponérselo.

En ese momento, oyó un grito y se apresuró a correr hacia ella. Al abrir la puerta, se encontró a Brooke en mitad del baño con un palito blanco en la mano.

–¡Dios mío, estoy embarazada! –exclamó.

–¡Sí! –gritó Caleb yendo hacia ella encantado–. Eso no querrá decir que tenemos que parar, ¿no? –bromeó.

–Para tener éxito en esta vida, hay que intentarlo una y otra vez –contestó Brooke empleando otra de sus frasecitas y haciéndole sonreír.

–Me encanta cuando hablas como un manual de autoayuda y, por cierto, me encanta este conjunto –observó admirando la lencería de encaje.

La tomó en brazos y la llevó a la cama. Una vez allí, le acarició la tripa. La próxima generación de Lander no había hecho más que comenzar. Brooke y él iban a tener hijos e iban a vivir felices en Crooked Creek.

Al imaginarse el rancho lleno de niños, sintió un gran nudo en la garganta.

–Llevo mucho tiempo queriendo quedarme embarazada, pero lo cierto es que no sé nada de ser madre.

–No te preocupes. Seguro que Brand y Toni están encantados de dejarnos a las gemelas para que aprendamos –la tranquilizó Caleb–. Los niños necesitan mucho amor, como Rico. Hasta que nazca, te aconsejo que te mantengas con pensamiento positivo ya que no debes olvidar que una actitud positiva conduce a un desenlace positivo.

–Vaya, Caleb, ¿tú también vas a empezar con las frasecitas? –bromeó Brooke.

–Y si te excitan tanto como a mí, sí –contestó Caleb mirándola como un lobo hambriento.

Brooke lo miró de manera inequívoca y Caleb supo que iba a haber guerra, así que sonrió encantado.